비둘기에게
미소를

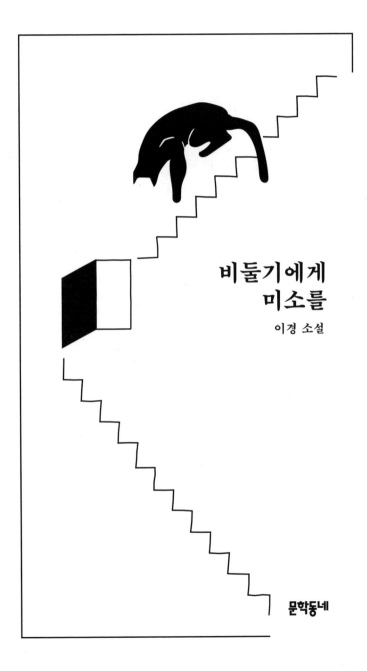

비둘기에게
미소를

이경 소설

문학동네

차례

비둘기에게
미소를

류계장이 내게 비둘기를 맡긴 이유는, 아무래도 내가 병원 가장 아래 층에서 일했기 때문이 아닐까. 간호사들은 지하에 잘 내려오지 않으니까. 하지만 지하 일층 사무실에 나 혼자만 있던 것은 아니다. 그보다, 류는 나를 잘 몰랐다. 나도 류를 모르긴 마찬가지였다.

처음 류를 본 건 구내식당에서였다. 식판을 들고 자리를 찾던 그가 실수로 내 어깨를 살짝 건드렸다. '어이쿠, 미안합니다' 사과하기에 고개를 들었는데, 유난히 돌출된 흉곽이 눈에 들어왔다. 의자를 당겨 길을 내줬더니 테이블을 빙 돌아 맞은편에 앉았다.

나는 처음 만난 사람에게 곁을 주기까지 얼마간 시간이 걸리는 편이다. 나이에 상관없이 존댓말을 쓰고 싶을 때까지 쓴다. 그러다 믿을 수 없을 만큼 빠르게 가까워지기도 하는데, 상대에게서 연민을 불러일으키는 구석을 발견했을 때나 반대로 내가 들켰을 경우다. 대화는 대개 쓸쓸한 분위기에서 시작된다. '차 한잔할래?' '좀 쉬지 그래?' 같은 반말을 위로처럼 건넨다. 위로를 주고받던 관계는 흐지부지 끝나곤 한다. 힘든 시기는 언젠가 지나기 마련이고, 그때가 되면 서로가 달갑지 않기 때문이다.

류와는 그런 시간이 필요치 않았다. 그는 돌려 말하지 않고 곧장 내게 요구했다. 도와달라고. 거절할 수 있었지만 그러지 않았다. 거리낌없는 태도가 오히려 경계심을 무너뜨렸다. 잔뜩 위축됐던 때라 예상치 않은 방향에서 구명 튜브가 날아온 것 같은 기분마저 들었다.

병원의 주 삼 일 아르바이트 자리를 잡은 건 행운이었다. 대학 졸업 후 비정규직을 전전하다 유치원 정교사 자격증을 따려던 참이었다. 제대로 된 일자리를 잡으려면 자격증이라도 하나 있어야 할 것 같았다. 도서관 사서나 유치원 교사 자격증 정도가 눈에 들어왔다. 우리 동네만 해도 도서관보다는 유치원이 많았다.

학점은행제 온라인 수업은 학비 부담이 적은 편이었다. 그래도 필요한 학점을 모두 따려면 한 학기 대학 등록금 정도는 있어야 했다. 가구 제조업체에 다니던 아버지는 석 달 전부터 실업급여를 받고 있었다.

병원은 낡고 오래된 칠층짜리 건물을 통째로 쓰고 있었다. 강남 노른자 땅에 있는 재활전문병원이었다. 평일에도 일층 로비는 환자들로 붐볐다. 대부분 노인들이었다. 내 신분은 협력업체 소속 파견직이었다. 월요일, 수요일, 금요일 아침 열시에 출근해 오후 세시에 퇴근했다. 시간당 만오천원을 벌었다. 한 달로 치면 평균 임금에 훨씬 못 미쳤지만 최저시급보다는 높았다. 돈을 어느 정도 포기하면 시간을 넉넉히 벌 수 있었다.

할일도 거의 없었다. 접수대 끝의 책상 하나를 차지하고 앉아 장내세균 검사 신청서에 사인만 받아두면 됐다. 환자들은 간호사에게 미리 설명을 듣고 왔다. 많아야 하루 다섯 명 정도였다. 천 명 한정 무료 서비스였는데, 이미 세 명의 전임자를 거친 일이라 석 달이면 목표 인원을 채우고도 남을 것 같았다.

첫날엔 분위기를 익히느라 긴장했지만 다음날부터는 여유가 있었다. 업무를 보고할 상사도, 눈치볼 동료도 없었다. 환자들은 신청서에 순순히 사인했다. 근무시간 대부분을 회사에서 지급받은 노트북으로 강의를 듣고 과제를 해결하는 데 썼다. 틈틈이 전공서적을 읽고 인터넷 검색도 했다. 그래도 시간이 남으면 바쁘게 로비를 지나는 사람들을 멍하니 지켜봤다.

병원 직원들은 직군에 따라 유니폼이 달랐다. 하늘색 가운과 흰 바지를 입은 직원들은 접수대 간호사들이었다. 위아래 흰색 유니폼은 병실을 돌며 환자를 돌보는 간호사, 간병인들은 연두색 카디건을 입었다. 엉덩이까지 내려오는 길고 흰 가운은 각종 검사를 담당하는 직원들이, 짧은 가운은 의사들이 입었다. 나는 길고 흰

가운을 입었다.

　직원들에겐 특유의 미소가 있었다. 희미하고 온유한, 환자를 대하는 미소라고밖에 설명할 수 없었다. 밤낮없이 통증을 호소하는 환자들의 요구를 들어주는 게 그들의 일이었다. 어쩔 수 없는 환멸의 순간에도 미소 지어야 했다. 환멸을 피막처럼 감싼 그 미소는 손톱 밑 거스러미만 닿아도 찢길 것 같았지만, 주삿바늘이 혈관을 뚫고 들어오는 순간 환자는 그 미소를 믿지 않을 도리가 없었다. 직원들은 병원에 채용될 때 특별히 훈련받는지도 몰랐다. 내겐 그것을 익힐 기회가 없었다.

　접수대의 간호사들도 가끔 내게 미소 지었다. 나는 고개 숙여 외면했다. 환자들에게만 그 미소를 짓는다는 걸 알고 있기 때문이었다. 환자가 근심과 불안을 안고 접수대 앞에 앉으면 그들은 모니터를 보며 신상정보를 확인했다. 검사 날짜를 정하고, 하루 전 미리 복용해야 하는 약물과 일주일 전부터 복용이 금지된 약물에 관한 설명을 되풀이했다. 주위는 산만하고 설명은 빠르고 복잡했다. 통증에 지친 환자들은 주의사항을 놓치기 쉬웠다. '오기 전날? 전날 이 약을 먹어요?' 되묻거나 '아가씨, 왜 이리 불친절해요?' 신경질적으로 반응했다. 간호사들은 주의사항이 적힌 설명서를 볼펜으로 가리켰다. '환자분, 여기 보시면 다 나와 있어요. 외우려 하지 마세요.' 그들은 미소를 지운 뒤에도 환멸을 드러내지 않았다. 훈련된 태도가 분명했다.

환자가 뜸한 시간이면 간호사 교육생 중 하나가 접수대 앞으로 호출되곤 했다. '내가 계속 지켜볼 거야' '환자를 무조건 너한테 보낼 거야' '너 혼자 책임져야 돼'. 공중으로 분사된 미세한 침방울들이 내 자리까지 날아와 머리 위로 축축하게 내려앉는 기분이었다. 못 들은 척 미소 지으려 했지만 역부족이었다.

난 간호사들과 친분이 생기지 않도록 주의했다. 주변을 지우고 혼자 있는 것처럼 굴었다. 그들도 내가 안중에 없는 것 같았다. 석 달 뒤 병원 로비에서 내 존재가 또렷이 부각되기 전까지는.

목표 모집 인원을 채우고 무료 서비스 기간이 끝났지만 회사에선 아무런 통보가 없었다. 매니저에게 문의했더니 곧 다른 이벤트를 병원에 제안할 거라 했다. 회사 입장에선 병원 로비에 책상 하나를 두는 것만으로도 홍보 효과가 있었다. 병원과 파트너십을 유지하고 있다는 상징적 의미도 무시할 수 없었다. 매니저는 내게 지금처럼 자리를 지키면 된다고 했다. 대신, 신청서에 사인하러 온 환자들에겐 검사 결과를 육 개월 이상 기다려야 한다는 말로 포기를 유도하라고 했다.

문제는 간호사들이었다. 그들은 낭비를 못 견뎌했다. 병원 로비는 진료 접수대, 수납 창구, 환자 대기실 등으로 알뜰히 나뉘어 사용되고 있었다. 협력업체 직원이 일주일에 세 번 출근해 하는 일 없이 반나절이나 자리를 차지하는 건 공간과 시간, 인력의 낭비라 여기는 듯했다.

그들은 낭비를 막기 위해 우선 내 책상 크기를 절반 줄이기로 결정했다. 진료를 마친 환자들은 내 앞을 지나 접수대로 가 다음 방문 날짜를 예약한 뒤, 다시 돌아와 장내세균 검사 신청서에 사인하고 복도로 나가야 했다. 한마디로, 내 책상은 복잡한 길 가운데 걸림돌처럼 박혀 있었다.

매니저와 통화한 다음날 수간호사라는 사람이 왔다. 책상을 작은 것으로 바꿔도 괜찮겠냐고 했다. 의견을 묻는 게 아니라 양해를 구하는 거였다. 마땅히 거절할 명분이 없었다. 책상 위에는 유선 전화기도 없이 노트북 하나만 덩그러니 놓여 있었다.

일주일쯤 지나 등뒤로 피아노가 들어왔다. 직원 휴게실에 있던 피아노를 옮길 공간이 필요했고, 하필 내 뒷자리가 적당하다는 결론을 낸 것 같았다. 지난번처럼 양해를 구하지도 않았다. 난 책상과 피아노 사이에 끼인 꼴이 됐다. 의자에 앉으려면 다리부터 의자와 책상 사이로 집어넣어야 했다. 화장실에 가려면 의자를 빙글 돌려 발 디딜 공간을 만든 뒤 한 발씩 빼내야 했다.

책상을 바꾸자고 했을 때 거절했어야 했다. 뒤늦게 후회했지만 이번에도 아무 말 하지 못했다. 병원 직원들은 내가 하는 일 없이 돈을 받아간다는 걸 알고 있었다.

그만둘 때가 됐다고 생각했다. 매니저가 병원에 새로 제안한다는 이벤트는 시작될 기미가 없었다. 몇 주 더 버틴다 해도 회사가 언제까지 단지 책상을 지키기 위해 인건비를 지불할지 알 수 없었다. 하지만 돈 벌며 공부하는 자리를 내놓자니 아까웠다. 아르바이트 자리는 또 구할 수 있겠지만 지금처럼 근무시간에 강의를 듣진 못할 것이었다. 조기졸업을 목표로 시간표를 짠 것도 소용없게 됐다. 어차피 조만간 없어질 자리라면 몇 주 더 못 버틸 것도 없겠다는 생각이 들었다. 이것저것 재기엔 계산이 너무 빨랐다. 일당 칠만오천원은 무시할 수 있는 돈이 아니었다.

간호사들은 나와 생각이 달랐다. 몇 주는 고사하고, 며칠 지나지 않아 수간호사가 책상을 로비에서 치워달라 했다. 사무실에서 대기하고 있다 간호사가 요청하면 로비로 올라와 환자에게 사인을 받는 게 어떠냐는 것이었다. 로비를 떠나는 건 자리가 좁아지는 것과는 전혀 다른 문제였다. 나는 수간호사에게 회사와 먼저 상의했으면 좋겠다고 했다. 에둘러 거절 의사를 밝힌 거였다.

"회사에 이미 통보했어요. 책상만 옮겨주세요."

나만 모르는 사이 상황은 이미 정리돼 있었다.

사무실은 지하 일층에 있었다. 출퇴근도 정문이 아니라 건물 뒤편에서 지하로 바로 내려가는 계단을 통했다. 계단 입구는 백발의 경비원이 지키고 있었다. 사람이 드나들 때마다 자리에서 일어나 경례했는데, 새치 백발 때문인지 어딘가 과장된 행동처럼 느껴졌다. 의자 하나만 겨우 들어가는 경비실엔 노끈으로 얼기설기 엮여 간신히 고개만 쳐든 선풍기가 하루종일 돌아갔다. 더위 때문이 아니라 환기가 목적인 것 같았다.

지하층은 주차장과 기계실, 사무 공간으로 나뉘어 있었다. 사무 공간엔 작은 사무실 둘이 나란했다. 왼쪽이 내가 있을 곳이었다. 문을 열자마자 정면으로 빈자리가 보였다. 구석엔 복사기와 의료 용구가 담긴 상자, 테이프나 형광펜 같은 비품이 쌓여 있었다. 병원 와이파이가 잡히지 않아 패스워드가 걸리지 않은 인근 약국의 와이파이를 허락 없이 썼다. 화장실에 가려면 엘리베이터나 비상 계단을 이용해 로비로 올라가야 했다. 지상으로 가는 엘리베이터 는 움직일 때마다 철컹철컹 소리가 났다.

사무실엔 나 말고 한 사람이 더 있었다. 영업사원 박이었다. 박 은 병원이 부대사업으로 판매하는 의료용구를 인근 병원에 납품 하는 일을 했다. 오전 아홉시에 출근해 잠깐 회의에 참석한 뒤 외 근을 나갔다 퇴근 시간이나 돼야 돌아오는 것 같았다. 옆 사무실 에는 시설물 관리와 홍보, 재무 담당 직원들이 근무한다는 말을 들었지만 교류는 없었다. 어쩌다 마주치면 그들은 예의 그 미소로 눈인사만 했다.

박은 오전 회의가 길어진 날이면 외근 나가기 전 나와 함께 구 내식당에서 점심을 먹었다. 외부인에겐 식권을 받아야 했지만 나 는 그냥 넘어가주었다. 협력업체 직원 한 사람에게 번거롭게 따로 식권을 받으니 없는 셈 치는 것 같았다. 쌀밥과 콩나물국, 오이무 침, 두부부침 같은 소박한 식단이었다. 간호사와 간병인, 주차관 리인, 청소부 들로 구내식당은 늘 자리가 부족했다. 다이어트중인 박은 즉석 현미밥을 매점 전자레인지에 데워 반찬만 받아 먹었다. 거의 매번 반찬 투정을 했지만 난 공짜로 먹는 밥이라 별 기대가 없었다.

"류계장, 오랜만이야."

뒤늦게 식판을 들고 온 박이 내 맞은편에 앉아 있는 남자에게 알은체했다. 병원 시설물 관리자라고 내게 소개했다.

"고양이 소리 안 나요?"

류는 콩나물국을 한 숟가락 뜨다 말고 박에게 물었다.

"요새는 안 들리던데?"

박은 천장에서 고양이 소리가 한동안 나더니 요즘은 통 안 난다고 했다. 내가 사무실에 내려오기 전 고양이를 키웠던 걸까. 나는 두부부침을 젓가락으로 잘라 입에 넣었다.

"우리 사무실 쪽으로 넘어왔나봐요."

류가 얼굴을 내 쪽으로 바짝 들이밀며 소리를 낮췄다.

"어…… 그래서 소리가 안 났구나."

전날 숙취가 남았는지 박은 콩나물국을 그릇째 들이켰다. 난 적당히 고개를 끄덕이며 듣는 시늉만 했다. 고양이 안부가 특별히 궁금하지도 않았다.

"밖으로 통하는 고양이 통로가 천장 어디에 있나봐요. 그쪽 사무실과 이쪽 사무실 천장을 제 구역 삼아 돌아다니는 것 같아요."

류가 공연히 내 눈치를 슬금슬금 봤다. 지하 사무실 천장과 일층 바닥 사이에 좁은 공간이 있고, 그 틈으로 길고양이가 드나든다는 거였다. 일부러 이쪽에서 고양이를 몰아낸 게 아니냐, 은근히 추궁하는 것 같아 약간 신경쓰였다. 박은 류의 말을 대수롭지 않게 여겼다. 외려 날 놀리듯 말했다.

"길고양이는 아무것도 아니에요. 사무실에 귀뚜라미도 튀어나오고, 다리 징그럽게 많이 달린 벌레 있잖아요, 이름이 뭐더라? 그리마? 그런 건 흔해요. 쥐도 나온 적 있잖아요. 얼마 전엔 뱀도 나왔고."

"에이, 뱀이 어디서 나와요? 산에서?"

나는 적당히 겁먹은 척했다. 지하니까 쥐는 그렇다 쳐도, 뱀은 좀 너무하다 싶었다. 병원 바로 앞 도로는 고층 빌딩이 줄지어 있는 사거리지만, 뒤편으로는 나지막한 산이 있었다. 산으로 이어진 산책로엔 산비둘기가 동네 주민인 양 어슬렁거리기도 했다. 주변은 원룸 주택이 빽빽했는데, 아무도 살지 않는 이층집도 있었다. 집을 헐고 새 건물을 올리려다 무슨 이유에선지 방치된 것 같았다. 문이란 문은 남김없이 뜯겨 있고 마당엔 길게 찢긴 삼 인용 가죽소파가 나와 있었다. 잘 뻗은 소나무가 그 위에 그늘을 드리웠다.

"엥? 거짓말 아니에요. 애완용 작은 뱀 있잖아요. 새빨갛고 검은 줄무늬 있는 거. 가정집에서 키우던 게 탈출한 거 같던데."

급히 외근 나가려다 계단 입구에 실뱀이 있는 걸 못 보고 대가리를 밟았다고 했다. 뱀은 즉사했지만 박은 너무 놀라 약까지 사먹었다고 했다.

"정말요? 그런 거 환자들 눈에 띄면 좀 곤란한 거 아닌가요?"

로비에서 한 층 내려왔을 뿐인데 같은 건물인가 싶었다. 오이무
침에서 비릿한 향이 올라왔다.

"근데 비둘기는 어떻게 됐어?"

콩나물국을 말끔히 비운 박이 즉석밥엔 손도 안 대고 숟가락을
내려놨다. 비둘기는 또 무슨 소린가 싶어 류를 바라봤다.

"어지간히 나은 거 같아서 며칠 전 날려보내려고 밖에 내놨는
데 날개를 못 펴더라고요."

다친 비둘기를 데려와 돌보고 있는 모양이었다. 한 달이 넘었다
고 했다.

"그럼 아직 사무실에 있어? 류계장, 복받을 거야. 누가 알아?
정성껏 치료해 날려보내면 금은보화가 든 박씨 물어다 줄지."

류가 빙긋 웃더니 날 봤다.

"참새와 비둘기 얘기 혹시 아십니까?"

"이솝 우화 같은 건가요?"

"그건 아니고, 몽골 우화예요. 초원에 살던 참새와 비둘기가 사
이좋게 도시로 여행을 떠났답니다. 날개를 쉬려고 어느 창가에 앉
았는데, 안에서 여인의 울음소리가 들리더랍니다."

"그래서요?"

"여인이 어찌나 슬피 울던지, 비둘기는 차마 그 창가를 떠날 수

없었대요. 참새는 도시 구경을 하러 날아갔죠. 비둘기가 초원으로 돌아왔을 때는 한 달이 지난 뒤였습니다. 참새도 그 무렵 돌아왔답니다. 오랜만에 만나 앞다퉈 보고 들은 얘기를 쏟아냈는데, 글쎄 서로 한마디도 못 알아듣게 됐다지 뭡니까. 그사이 비둘기는 여인의 울음소리를 배워 구구구 울었고, 참새는 도시 사람들을 흉내내 재잘거렸기 때문이래요."

난 듣는 둥 마는 둥 식판을 비워냈다. 뜬금없는 비둘기 우화에 교훈까지 곱씹고 싶진 않았다.

"그래서, 그 여인 대신 은혜를 갚는 중이란 겁니까? 류계장이 비둘기에게?"

박이 실없는 소리를 보탰다.

"아프면, 당연히 누군가 돌봐야죠."

류가 예의 그 미소를 짓는 찰나, 박이 류의 옆구리를 가볍게 쳤다. 가까운 곳에 수간호사가 식판을 들고 앉을 자리를 찾고 있었다. 간호사에겐 비둘기의 존재가 비밀인 것 같았다. 동물병원도 아닌데 비둘기라니. 간호사들은 공중보건의 낭비라 여길지 몰랐다.

류와 두번째 마주친 것은 그 주 금요일이었다. 점심식사 후 잠깐 뒷산 산책로를 걷고 있을 때였다. 내내 한자리를 지키고 있자니 다리도 저리고 소화도 안 됐다. 테이크아웃 커피잔을 든 근처 회사 직원들이 심심찮게 보였다. 수풀에서 인기척이 나 돌아봤더니 거기 류가 있었다.

"안녕하세요?"

류가 먼저 알은척했다.

"아 예…… 뭐하고 계세요?"

류의 손에 줄이 들려 있었다. 흔한 개 목줄은 아니었고, 노끈이었다. 줄 끝엔 다리가 단단히 묶인 비둘기가 있었다. 앞뒤로 움직이는 특유의 고갯짓을 해가며 풀숲 사이를 헤치고 다녔다.

"자연광을 못 봐서 애도 답답할 것 같아서요."

지하 사무실에 창이 없으니 빛이 안 들어오는 건 당연했다. 류는 비둘기를 꽤 정성껏 돌보고 있는 것 같았다.

"그러잖아도 부탁드리고 싶은 게 있어서 사무실로 선생님을 찾아가려 했는데, 이렇게 만난 김에 말씀드려도 될까요?"

업무상 부탁할 일은 없을 테고, 아무래도 사적인 일 같았다. 같은 테이블에 앉아 밥 한 번 먹었을 뿐인데 사적인 부탁은 부담스러웠다. 그렇다고 들어보지도 않고 거절하는 건 너무 쌀쌀맞은 짓 같았다.

"아무래도, 고양이가 그쪽 천장으로 들어와 이쪽으로 넘어오는 것 같단 말입니다. 고양이 소리만 나면 애가 미친듯이 푸드덕대거든요. 아직 다 낫지도 않았는데……"

또 고양이 얘기였다. 류는 비둘기에게 눈길을 주며 슬쩍 내 반응을 살폈다.

"고양이가 드나드는 구멍을 막으려고 건물 뒤편까지 샅샅이 뒤

졌지만 못 찾았어요. 그래서 부탁드리는 건데요……"

설마 고양이를 잡아달라는 건가? 도무지 의도를 알 수 없는 말을 그는 머뭇머뭇 이어갔다.

"별거 아니고요. 천장에서 고양이 소리가 나면 이 녀석을 그쪽 사무실에 옮겨놓아도 될까요? 고양이 기척만 들려도 죽어라 날뛰니 날개가 영 낫지를 않아서요."

어려운 부탁도 아니었다. 어차피 사무실엔 거의 혼자 있다시피 하니까. 하지만 내가 이런 걸 허락해도 될까. 병원 직원도 아닌데.

"저는 새 돌보는 법도 모르고, 키운 적도 없어서……"

"쉬워요. 돌보실 것도 없어요. 잠시만 맡아주시는 거니까요. 그냥 적당한 곳에 놔두시기만 하면 돼요."

류는 허리까지 숙여가며 고맙다고 했다.

월요일에 출근하니 사무실에 케이지가 놓여 있었다. 그 안에 오른쪽 날개에 붕대를 감은 비둘기가 있었다. 어두운 회색 깃털을 가진, 전형적인 도시 비둘기였다. 도시 비둘기의 깃털이 어두운 색을 띠는 이유는 체내에 흡수된 납, 아연과 같은 중금속 물질을 깃털로 내보내기 때문이라고 어디선가 읽은 기억이 났다. 오늘은 저쪽 사무실 천장에 고양이가 있다는 뜻인가. 고양이가 사라지면 알아서 가져가겠지. 신경쓰지 않기로 했다.

류는 종일 비둘기 곁에 얼씬도 하지 않았다. 고양이 소리가 들리지 않는데도 비둘기는 케이지 철망을 콕콕 쪼고, 구구구 소리를 내고, 쉴새없이 날개를 쳤다. 세균 검사 신청서를 받으러 로비로 올라오라는 전화는 한 통도 없었다. 접수대 간호사들이 환자들에게 더이상 안내하지 않는지도 몰랐다.

수요일에도 비둘기는 그대로 있었다. 월요일부터 계속 같은 자리에 둔 것 같았다. 잠깐 맡아달라던 애초 부탁과는 달랐다. 친절을 강요받은 것 같아 기분이 좋지 않았다. 박도 틀림없이 비둘기를 봤을 것이다. 묻지도 않고 멋대로 비둘기를 들인 게 돼버렸다.

류는 사무실에 있었다. 탁자에 설계도를 펼쳐놓고 파란 사인펜으로 여기저기 체크하고 있었다. 병원 설계도면인 것 같았다. 날 보자 반가운 얼굴로 자리에서 일어났다. 사무실엔 두 사람이 더 있었지만 누가 어떤 일을 하는지 알 수 없었다. 어정쩡하게 묵례를 하고 곧바로 류에게 다가갔다.

"아, 비둘기요? 비둘기 때문에 그러시죠? 고양이가 바로 위에 있어서요."

류가 대뜸 내 손목을 잡고 사무실 구석으로 데려가 천장을 가리켰다. 불쾌한 체온이 느껴졌다.

"들리세요? 여기쯤인데."

잘 들어보면 가릉가릉 소리가 난다는데 내 귀엔 아무것도 들리지 않았다.

"선생님께는 안 들릴지 몰라도 비둘기는 아주 예민해요. 몸도 성치 않은 녀석이니 잘 부탁드립니다. 며칠만 더 있으면, 날아갈 수만 있게 되면, 바로 날려보낼 겁니다. 그때까지만 돌봐주시면 안 되겠습니까? 고양이가 떠나면 곧바로 비둘기를 데려오겠습니다."

다른 두 사람도 하던 일을 멈추고 날 빤히 쳐다봤다. 다친 비둘기가 아무런 해도 끼치지 않는데 괜한 트집을 잡아 불평하는 사람이 된 것 같았다.

"냄새가 나서 못 견디겠어요."

비둘기 분비물에서 냄새가 나는 건 사실이었다. 가뜩이나 공기도 안 좋고 환기도 되지 않는데 삼 일이나 됐으니 사무실 전체로 냄새가 퍼졌다.

"이걸 뿌리시면 도움이 될 겁니다."

류가 내 손에 탈취제를 들려줬다.

"사료도 좀 드릴게요. 배고프면 녀석이 더 예민해지더라고요. 사료 넣어주실 때 깨끗한 물로 좀 갈아주시고요."

난 사료 봉투를 받지 않았다. 먹이까지 책임지고 싶진 않았다.

"비둘기를 돌보는 건 곤란하다고 말씀드렸는데요."

"돌보는 데 소질이 없다고 하셔서 혹시 도움이 될까 하고……
제가 멋대로 이해한 모양이네요. 이거 죄송합니다. 그리고 정 냄새가 심하면 케이지 바닥에 깔린 신문지를 갈아주시면 됩니다. 신문지는 여기 많이 있습니다."

미안하단 말과는 달리 케이지 청소까지 떠맡기려 했다. 슬슬 짜증이 났다.

"사무실을 저 혼자 쓰는 것도 아니라서요."

"그건 걱정 마십시오. 병원 직원이라면 다 같은 마음 아니겠습니까? 아픈 비둘기가 무슨 죄가 있겠습니까?"

류가 미소를 지어 보였다. 희미하고 온유한 그것. 박에겐 먼저 양해를 구한 것일까. 박이 허락했다면 내가 나서서 거절하는 것도 이상했다. 나는 언제든 그만둘 수 있는 파견직 사원일 뿐이었다.

"이것도 드릴게요."

비닐장갑 오십 개가 든 팩과 손소독제였다.

"비둘기는 도시 뒷골목까지 워낙 아무데나 뒤지고 다녀서 세균과 바이러스에 감염됐을 가능성이 큽니다. 아, 바이러스 걱정은 마세요. 비둘기가 인간에게 옮기는 바이러스가 있다면 해외 토픽감 아니겠습니까? 그래도 청소하거나 먹이를 줄 땐 비닐장갑을 착용하시는 게 좋겠죠. 손소독제도 바르시고요."

결국 탈취제와 비둘기 사료, 신문지 뭉텅이에 비닐장갑과 손소독제까지 가지고 돌아왔다. 비둘기는 케이지 안에서 제 깃털을 뽑아내고 있었다. 깃털 사이에 기생충이 많다던데, 그 때문인 것 같았다. 케이지를 공기청정기 앞으로 옮겼다. 변종 바이러스로 세상이 뒤숭숭한 마당에 바이러스 감염은 생각하기도 싫었다. 비닐장갑을 끼고 바닥에 깐 신문지를 새것으로 갈아줬다. 케이지를 청소하는 동안 비둘기는 밖으로 내놨다. 비둘기는 지치지도 않고 푸드덕대더니 박이 쌓아둔 상자 위로 훌쩍 올라갔다. 의료용구 재고가 들어 있는 상자였다. 오물로 얼룩진 붕대를 감고 푸드덕푸드덕 바이러스를 퍼뜨리는 비둘기를 겨우 잡아 케이지에 넣었다. 류가 알려준 대로 사료와 물을 넣어주자 비둘기가 구구구구 듣기 싫은 소리를 냈다.

오후가 되자 바닥 긁는 소리, 드릴 같은 기계로 구멍을 뚫는 소리가 옆 사무실에서 들려왔다. 벽을 쿵쿵 치는 소리도 섞여 있었다. 이쪽까지 진동이 와서 천장에서 먼지가 떨어졌다. 비둘기를 데려가려고 고양이를 쫓는 걸까. 어쨌든 고양이가 달아나고도 남을 것 같았다. 놀란 고양이가 이쪽으로 넘어오면 비둘기가 먼저 난동을 피울 테고, 그때 케이지를 가져다줘야겠다고 마음먹었다.

소음은 한동안 계속되다 뚝 끊겼다. 천장에선 아무 소리도 나지 않았다. 비둘기도 날개 사이에 머리를 박고 꼼짝하지 않았다. 고양이는 도망치지 않고 천장 깊숙한 곳에 아예 자리를 잡은 건지도 몰랐다.

이틀 후 출근길 계단 입구에서 류와 마주쳤다. 한 손에 설계도를 들고 있었다. 경비원이 자리에서 일어나 류와 나에게 인사했다. 고장난 선풍기가 웅웅 소리를 냈다.

"그러잖아도 뵙고 말씀드리려 했는데, 그제 늦은 오후부터 선생님 사무실이 공사에 들어갔습니다. 지금쯤 얼추 마무리됐을 겁니다. 지하 사무공간 전체를 리모델링하는 거라서 한쪽을 손보면 다른 쪽도 자연히 손을 볼 수밖에 없죠. 저희 사무실은 먼저 손을 좀 봤습니다."

수요일의 소란이 떠올랐다.

"보수는 끝이 없어요. 주기적으로 리모델링하지 않으면 건물도 늙는답니다. 끊임없이 보수하고 부분적으로 리모델링하는 게 제 업무라, 일이 없으면 만들어서라도 해야 하는 게 고충이라면 고충 이죠. 안 그러면 제가 여기 있을 이유가 없지 않겠습니까. 하하."

뭐 때문에 잘렸는지는 몰라도, 류가 여기 오기 전 대기업에서 일했다고 박이 귀띔해준 게 떠올랐다. 큰 조직에 비하면 이 병원 은 변두리에 지나지 않을 것이다. 해고가 그의 경력에 적잖은 흠 집을 낸 건지도 몰랐다. 류는 들고 있던 설계도가 구겨지지 않도 록 오른팔에 둘둘 말았다.

리모델링이 끝난 사무실은 절반 크기로 줄어 있었다. 재고가 담 긴 상자들도 사라졌다. 박이 다른 사무실로 옮겨가면서 치운 것 같았다. 비둘기 케이지와 책상 하나만 남았다. 공간이 줄어든 게 문제가 아니었다. 숨쉴 공기가 줄어든 느낌이었다.

비둘기 케이지는 책상과 나란히 놓였다. 날개를 감은 붕대는 매 듭이 풀려 너덜너덜했다. 배설물로 축축하게 젖은 신문지에서 냄 새가 올라왔다. 코를 찌르는 악취였다. 출근하자마자 비둘기를 돌 보고 싶진 않았다. 하지만 당장 치우지 않을 도리가 없었다. 멍하 니 앉아 있는데 류가 사료를 가져왔다.

"거의 떨어졌을 거 같더라고요."

일주일 분이라고 했다. 일주일이라니, 생각하고 싶지도 않았다.

"천장도 손을 봤나요? 고양이 통로는 찾았나요?"

통로를 막으면 고양이도, 비둘기도 사라질 것이다.

"찾아봤죠. 어차피 여기저기 손보는 김에 천장도 뜯었습니다. 거기 생각지도 못한 게 있었어요. 저희 쪽 사무실 천장에 새끼 고양이 두 마리가 있지 뭡니까? 눈도 못 뜬, 아주 작은 새끼더라고요. 조금만 기다려주면 저절로 나갈 겁니다. 고양이들은 젖을 떼면 혼자만의 여행을 떠난다잖아요."

이번엔 새끼 고양이들의 여행을 기다려야 한다는 말인가?

"그래서 말인데요, 천장을 뜯은 김에 아예 가림막을 설치해 사무실 천장을 분리시켰어요. 고양이가 그쪽으로 넘어가지 않도록 말입니다. 얌전히 있어야 비둘기 상처가 빨리 아물 테니까요. 물론, 건물 밖으로 통하는 작은 구멍은 열어뒀죠. 그래야 고양이가 떠날 것 아닙니까?"

그러니까, 저쪽은 고양이를 키울 테니 이쪽에선 비둘기를 돌봐달라는 말이었다. 비둘기가 온 후 온라인 강의에 과제까지 적잖게 밀렸다. 코 점막에 진득하게 달라붙는 배설물 냄새와 시도 때도 없는 날갯짓 때문에 도무지 집중하기 어려웠다. 휴무일에 보충하려 했지만 한계가 있었다. 새 학기 교육대학원에 진학하려면 늦어도 한 달 안에 필요한 학점을 전부 이수해야 했다. 내 사정은 아랑곳하지 않고 류는 다친 비둘기와 새끼 고양이를 돌보는 일에 날 끌어들였다. 간호사들에게 들키면 곤란해지니까 갖은 핑계를 대며 떠맡긴 건지도 몰랐다.

"이 녀석 상처는 이제 거의 다 아물었을 겁니다. 넉넉잡고 다음 주면 날릴 수 있을 거 같아요. 비둘기가 여기 있는 한, 고양이는 제가 책임지고 근처에 얼씬도 못하게 하겠습니다. 걱정하지 않으셔도 됩니다. 여기서 비둘기만 봐주시면 됩니다."

류는 희미하고 온유한 미소를 지었다. 그 미소를 배운 적도 없는 내게.

"간호사들이 사무실에 내려와 비둘기를 발견하게 되면 어떡해요. 날 고용한 회사 입장도 곤란해진다고요."

지하 사무실로 내려온 후 접수대에선 전화 한 통 걸려오지 않았다. 박도 없는 지금, 이 병원에서 내게 용건이 있는 사람은 류가 유일했다.

"걱정 말아요. 간호사들은 지하로 내려온 적 없거든요."

류의 미소는 사라지고 없었다.

혼자 남게 되자 더욱 신경이 곤두섰다. 놈은 가슴 깃털을 한껏 부풀리더니 구르륵구르륵 소리를 내기 시작했다. 앓는 것처럼 들려서 모른 척할 수도 없었다. 서랍에서 새 붕대를 꺼냈다. 날개를 감은 붕대는 더러워지다못해 삭아서 원래 색을 알 수 없을 정도였다. 비닐장갑을 끼고 케이지 앞에 쪼그려앉았다. 팔을 깊숙이 넣어 한쪽 날개를 잡았다. 다른 손으로 등을 세게 누르자 위협을 느

낀 비둘기가 날카롭게 반응했다. 회색 깃털이 사방으로 날렸다. 솜털이 코와 입으로 들어왔다. 기침이 발작적으로 쏟아졌다. 알레르기가 생겼는지 눈물, 콧물까지 줄줄 흘렀다. 손아귀에 비둘기를 꽉 쥐고 눈을 질끈 감았다.

"악!"

놈이 손등을 사정없이 쪼았다. 엉덩방아를 찧으며 뒤로 나자빠진 사이, 비둘기는 매서운 발톱으로 이마를 할퀴고 공중으로 차올랐다. 미간이 얼얼했다. 통증인지, 충격 때문인지 알 수 없었다. 오물로 얼룩진 붕대가 정수리 위로 펄럭였다. 말라 바스러진 배설물이 비듬처럼 공중에 날렸다. 주체할 수 없는 환멸이 온몸을 우그러뜨렸다. 비둘기가 아니라, 류가 아니라, 간호사들이 아니라, 나 자신을 향한 환멸이었다.

이제 아무도 내게 미소 짓지 않을 것이다.

회사에 전화해 그만두겠다고 했다. 매니저는 알겠다고 했다. 로비에서 책상도 뺐는데 사람마저 없으면 난처하니 후임이 올 때까지만 자리를 지켜달라 했다. 홀가분했다. 이제 비둘기도, 고양이도 누군가 돌볼 것이다. 다른 일자리를 알아봐야 했다. 교육대학원 진학은 늦춰야 할지도 몰랐다.

후임은 오지 않았다. 사람이 좀처럼 구해지지 않는다고, 매니저가 조금만 더 기다려달라고 했다. 한 달 급여치곤 너무 적은 게 문제였다. 근무시간을 늘리면 될 테지만 회사 입장에선 인건비가 부담스러운 눈치였다.

케이지도 여전히 그 자리였다. 어제 류가 산책로에서 비둘기를 날려봤지만 도통 날개를 펼치지 않았다. 나는 법을 잊은 것 같다고 했다.

"새끼 고양이들은 여행을 떠났나요?"

류가 고개를 절레절레 저었다.

"모르죠. 그때 이후로 천장을 뜯어보지 않았거든요."

천장에서 요란한 소리가 들렸다. 비둘기가 케이지를 부술 것처럼 펄쩍펄쩍 뛰었다. 고양이는 아니었다. 사무실 문이 벌컥 열렸다. 계단을 지키는 경비원이었다.

"사람들이 내려와요."

계단을 타고 사람들이 우르르 내려오고 있었다. 마스크를 쓰고 소독 펌프를 등에 진 사람도 있었다. 간호사들이 오는지 살폈지만 계단 위까지 보이진 않았다. 류는 경비원을 밀치고 자기 사무실로 뛰어갔다.

"무슨 일인데요?"

"몰라요. 아무튼, 사람들이 내려오는 건 비상 상황이거든요."

경비원이 소리쳤다.

허둥지둥 비둘기 케이지를 챙겨 엘리베이터에 탔다. 지하 가장 깊숙한 곳 버튼을 눌렀다. 엘리베이터가 덜컹덜컹 내려가기 시작했다. 나는 비둘기에게 희미한 미소를 지어 보였다.

괜찮아. 고양이는 더 아래로 내려오지 않을 거야.

스튜디오
베이비

격자창은 몇 개의 가로세로 축이 직각으로 만나 서로 다른 크기의 사각 프레임을 만들었다. 중앙에 가장 큰 프레임이 걸렸다. 프레임 오른쪽 상단엔 '이마트 에브리데이' 간판이, 하단엔 미끄럼 방지 포장재가 깔린 내리막길이 잘렸다. 길은 프레임 밖으로 이어져 컴컴한 재래시장 입구에 닿았다. 어느 날엔 회오리바람을 만난 과자 봉지가 재래시장 지붕 위로 수직 상승하기도 했다. 여자와 남자, 개와 고양이가 프레임 안으로 들어왔다 나갔다. 왼쪽 하단엔 세탁소에서 내놓은 쓰레기봉투가 누웠다. 분리수거일이 아니어도 세탁소 주인은 개의치 않았다. 월요일에 내놓은 쓰레기봉투가 화요일에 비를 맞아도 그대로 뒀다. 고양이가 낸 구멍에 비둘기가 꼬여도, 파리가 꼬여도 놔뒀다. 목요일 새벽 쓰레기 수거차가 지나길 기다릴 수밖에 없었다. 길바닥의 주황색 풍선이 한자리에서 흔들렸다. 바람 없는 날이라 풍선은 프레임 밖으로 나가지도 않았다.

스튜디오에서 잔 지 석 달이 다 됐지만 잠을 설치지 않는 밤은 드물었다. 밤새 눈꺼풀이 더듬이처럼 깜빡이다 정작 일어날 시간이 되면 들러붙어 떠지질 않았다. 신우는 침대에 걸터앉아 몇 분쯤 창밖을 내다봤다. 잠을 깨려고 들인 버릇이다. 잔뜩 꼬부리고 잤는지 발가락이 저릿했다. 3월이라고는 해도 새벽엔 코끝 발끝이 시렸다. 스튜디오에 냉난방 장치가 없을 리 없다. 애초 원장에게 스튜디오에서 자는 걸 허락받을 때 취사를 하지 않고 냉난방 장치를 가동하지 않는다는 조건이었다. 사용한 만큼 돈을 내면 그만이지만 사용량을 계측하기 애매했다. 원장은 상대의 사정을 봐주는 사람은 아니다. 면접 볼 때도 사대보험 혜택은 없다고 미리 못박았다. 신우는 굳이 짚고 넘어가지 않았다. 정규직인지, 계약직인지 묻지도 않았다. 스튜디오에서의 커리어는 필요치 않았다.

"벌써 일어날 필요 없어요. 아, 추워. 원장 출근하려면 더 있어야 해."

영안이 이불을 둘둘 감고 몸을 일으켰다. 신우는 옷을 다 입어야 잠이 오는데 영안은 옷을 입으면 잠이 잘 오지 않는다고 했다.

"그러게 왜 여기서 자? 집에 가라니까."

영안은 새벽에 침대로 파고들었다. 콘돔도 갖고 왔다. '시트 더

럽히지 말고, 응? 여기서 자보고 싶었거든요.'

"할증 붙으면 택시비가 얼만데요."

신우는 이불과 시트를 꾹꾹 눌러 비닐 가방에 넣었다. 가방을 창고에 가져다놓고 소파에 널브러져 있는 수건을 집어 화장실로 갔다. 스튜디오 밖 비상계단 옆에 있는 화장실은 같은 층 재활통 증의원과 함께 쓴다. 수도꼭지엔 버젓이 온수 표시가 있지만 미지근한 물도 나오지 않았다. 찬물 세수를 하자니 머리가 쩽했다. 어젯밤 끝까지 거절할 걸 그랬나. 아무리 생각해도 연애 감정은 물론이고 호감을 표한 적도 없었다. 골치 아프게 나오면 어쩌지. 신우는 찬물을 연거푸 얼굴에 끼얹었다.

"여기 아메리카노."

씻고 온 사이 영안이 밖에 나가 커피를 사왔다. 그새 어디서 뭘 했는지 화장까지 말끔했다. 신우는 커피를 받아들고 컴퓨터를 켰다. 어제 마지막 타임에 촬영한 데이터를 정리해 메일을 보내야 했다. 고객이 앨범과 액자에 들어갈 사진을 골라 다시 메일을 보내오면 협력업체에 데이터를 전송하는 일은 영안이 할 것이다.

아기의 오른발 끝에 주황색 빨대가 보였다. 서재 세트 사진이었다. 두유를 먹고 빨대를 치운다는 걸 깜빡한 모양이다. 밤사이의 흔적이 프레임에 걸리면 백 개가 넘는 데이터를 포토샵으로 일일이 지워야 한다. 얼마 전엔 프레임 구석에 나무젓가락이 걸려 진땀을 뺐다. 백일상 앞에서 온 가족이 웃고 있는 사진이었는데 상가장자리에 나무젓가락이 걸렸다. 끝부분이 붉게 물들어 있었다. 먹던 상에 애를 앉혀놨다고, 평생 사진을 망쳐놨다고 아기 엄마가 집안 원수를 만난 것처럼 악을 썼다.

이전 타임 촬영에 빨대가 걸린 건 없나, 갑자기 멍해졌다. 파일 수백 개를 일일이 모니터에 띄워 확인했다. 눈이 욱신거렸다. 없다. 씨발, 없던 빨대가 어디서 튀어나온 건지, 저도 모르게 욕이 나왔다. 아기 몸을 지탱하려고 쿠션의 위치를 바꿀 때 구석에 박혔던 게 빠져나온 모양이다. 촬영 의상을 정리하던 영안이 흘깃 이쪽을 돌아봤다.

밖에서 보안장치 해제 버튼을 누르는 소리가 났다.

"별일 없고?"

원장은 출근하자마자 코를 킁킁거렸다. 컵라면, 양말, 비누, 젖은 빨래 냄새 같은 게 나지 않는지 아침마다 신경을 곤두세웠다.

"사람 냄새 난다. 창문부터 열어두지 뭐해."

신우는 못 들은 척했다. 사람이 자는 걸 뻔히 알면서 사람 냄새 난다고 불평하는 건 둘 중 하나다. 무신경해서 무례하거나, 무례해서 무신경하거나. 그게 그거다. 애초에 스튜디오를 세놓듯 내주지 않았으면 될 일이었다. 잠자리를 해결하는 대신 박봉을 감수했으니 이쪽도 공짜로 쓰는 건 아니다.

"냄새 없으면 그게 사람인가요? 귀신이지."

영안의 대꾸에 원장은 더는 말하지 않고 편집실로 들어갔다.

전화벨이 울렸다. 다섯 번 넘게 울리도록 영안은 전화를 받지 않았다. 신우도 빨대를 지우는 데 몰두했다. 이내 벨소리가 뚝 끊겼다. 편집실 밖으로 원장이 고개를 내밀었다.

"역시 촬영 취소."

태어난 지 두 달이 안 된 아기가 폐렴에 걸렸다고 했다. 이백만 원짜리 패키지를 계약한 고객인데 남은 촬영이 줄줄이 취소될지 몰랐다.

"영안아, 티엠 했어?"

원장이 영안을 가만 놔둘 리 없다. 촬영이 비는 두 시간 동안 고객에게 전화를 걸어 예약 스케줄을 확인하란 말이었다. 출발하기 전 아기에게 우유를 먹여 재우고, 아기용품과 간식을 챙겨오라는 준비 사항도 시시콜콜 전달해야 한다. 한 달 치 스케줄을 미리 확인하고, 촬영 일주일 전, 촬영 전날에도 거듭 체크한다. 방금 취소된 아기는 어제까지 별일 없다 촬영 한 시간 전 문제가 생겼다. 드문 일은 아니다. 아기들은 하룻밤 새 열이 오르고, 토하고, 넘어지고, 그것도 아니면 이유 없이 운다.

"했어요, 했어. 어제 다 했어요."

영안은 어느새 신우 옆에 와 손톱 영양제를 바르고 있다. 약지와 새끼손가락에 초록색 큐빅이 박혀 있다. 침대 위에서 영안의 손은 능숙했다. 밀어낼 겨를조차 없었다. 신우는 책상 아래 부풀어오른 아랫도리를 들키지 않으려 허벅지를 꽉 조였다.

"내일 예약 고객도 전화 돌렸어?"

"아침부터 전화하면 신경질 낸다고요. 남편 회사 보내고 딱 꿀잠 타임인데 전화 오면 기분좋겠냐고요."

영안은 '어시'라 불리는 촬영 보조지만 촬영을 뺀 거의 모든 일에 관여한다. 앨범 촬영은 임신 팔 개월 무렵 시작해 돌잔치까지 성장 단계에 맞춰 일곱 차례 진행된다. 예비 엄마, 아빠가 모델인 만삭 촬영, 신생아 촬영, 산후조리원 촬영, 오십 일, 백일, 이백일, 돌잔치까지 날짜에 딱 맞춰야 한다. 하루 평균 다섯 가족이 스튜디오를 방문한다. 스케줄 정리에서부터 장소와 의상 준비, 사진 촬영과 보정, 앨범과 액자 주문, 입고, 출고까지 정신을 바짝 차리지 않으면 안 된다. 때맞춰 촬영 스케줄을 잡고, 수천 장에 이르는 데이터 관리도 소홀해선 안 된다. 일이 몰릴 때는 하얼빈에 있는 스튜디오에 보정 작업을 넘겨야 하고 액자와 앨범을 제작하는 협력업체도 빈틈없이 챙겨야 한다. 짧게는 일 년, 길게는 일 년 반에 걸쳐 부모들은 백만원에서 삼백만원까지 지출한다. 적지 않은 비용과 긴 수고의 종착지는 돌잔치다. 잔치가 열리는 호텔이나 레스토랑에 액자와 앨범이 반드시 전시돼야 한다.

원장을 제외하고 전 과정을 꿰뚫고 있는 직원은 영안이 유일했다. 사진작가, 메이크업 쌤, 상담 매니저, 출고 담당자 누구도 모른다. 대부분 삼 개월을 버티지 못하고 그만두기 때문이다. 과정이 복잡하다보니 실수가 생기기 마련이고, 부모들은 예민하게 반응한다. 삼십여 년 이 일을 해온 원장은 신경쇠약 직전이다. 직원의 큰 실수를 의외로 그냥 넘기는가 하면, 작은 일에 놀랄 만한 인격적 모욕을 퍼붓기도 한다. 직원들은 일을 채 파악하기도 전에 그만뒀다. 임시로 빈자리를 채우고, 새로 온 직원에게 인수인계를 해주는 사람도 영안이다. 일은 잠시 영안을 떠났다 곧 돌아왔다.

"그럼 창고에 미출고 명단 찾아서 티엠 한 바퀴 돌려."

영안의 일을 찾는 것은 원장에게는 쉬운 일이다. 창고 안에는 몇 달 동안 찾아가지 않은 앨범과 액자들이 쌓여 있다. 독촉 전화를 하지 않으면 창고는 발 디딜 틈 없게 된다.

"바빠요."

영안이 신우의 마우스를 빼앗아 빨대를 따닥따닥 지웠다. 양손을 키보드와 마우스에 하나씩 올리고 프로게이머처럼 손가락을 움직였다. 초록색 큐빅 네 개가 현란했다.

"여기 안 바쁜 사람 있어? 다른 사람들은 오늘따라 왜 이리 출근이 늦어?"

원장은 편집실을 나와 수납장에서 글루건을 꺼냈다. 지난 주말 동대문시장에 나가 잔뜩 끊어온 천과 소품들도 꺼냈다. 촬영 세트를 새로 꾸며야 하기 때문이다. 스튜디오엔 거실, 침실, 욕실, 정원, 카페, 서재, 놀이방 세트가 일정한 간격을 두고 있다. 주기적으로 변화를 주지 않으면 사진이 그게 그거라는 입소문이 돈다. 산부인과와 조리원에서 말이 나오기 시작하면 매출이 곤두박질치는 건 순식간이다.

"매니저님은 휴가 냈고, 메이컵 쌤은 오후 출근이고, 출고 쌤은, 설마 원장님 벌써 잊었어요? 원래 하찮은 일로 사람을 하찮게 만들면 안 된다고요."

출고 담당자는 어제 액자를 집어던지고 일을 때려치웠다. 청소 구역을 정하는 문제로 원장과 마찰이 있었다. 바로 발밑에서 액자가 산산조각나는데도 원장은 소스라치거나 화내지 않고 오히려 시무룩해졌다. 방금 전까지 막말을 퍼붓던 사람이 맞나 싶었다. 출고 담당자는 가방을 챙겨 스튜디오를 나갔고 원장은 처음부터 그런 사람은 없었던 것처럼 굴었다.

"알았으니까 티엠 돌리라고."

"티엠 돌려도 소용없다니까요. 엄마 아빠 다 안 받아요."

"메일 보내."

"한두 번 보내봤겠어요?"

따박따박 대꾸를 하면서도 영안은 미출고 명단 파일을 열었다.

"명단 보지 말고 창고에 가서 가방 뒤져서 하면 빨라. 안쪽에 있는 게 오래된 거야."

영안은 마우스를 놓고 발딱 일어섰다.

"원장님은 여기 있을 사람이 아니야. 신경쇠약이나 신경과민이나 우울증이나 암튼 병원에 가서 치료받아야 해."

들리도록 말하는데도 원장은 모른 척했다.

영안은 가끔 원장을 동정하기도 했지만 대개 무관심했다. 하고 싶은 말이라면 가리지 않고 쏟아내기 때문에 마음에 둘 일도 없는 것 같았다. 도가 지나쳐도 원장은 그냥 넘겼다. 영안이 없으면 당장 촬영 스케줄을 소화하기 어렵기 때문이다.

"도와줄게."

영안 덕에 빨대 백 개를 순식간에 지운 신우가 따라나섰다. 고마운 마음보다는 창고를 정리하다 자신의 짐까지 손대는 게 싫어서였다. 어젯밤 일을 없던 일처럼 넘길 수도 없고.

창고는 불을 켜지 않으면 낮에도 어둡다. 애초에 암실 용도로 만든 건 아니고, 자투리 공간에 가벽을 세워 탕비실 겸 창고로 쓰는 것 같았다. 다섯 평 남짓한 공간은 액자와 앨범으로 가득찼다. 규격이 큰 액자는 벽 한쪽에 차곡차곡 기대 있고, 작은 액자와 앨범들은 이름표가 달린 포장 가방에 담겨 수납장에 보관돼 있다. 포장 가방은 많을 때는 오륙십 개씩 쌓였다. 그중 반년 이상 찾아가지 않는 가방이 스무 개쯤 됐다. 영안은 가방에 달린 이름표를 휴대폰으로 찍어 미출고 명단과 대조했다. 쓸데없이 수납장 뒤까지 살피지 않도록 신우는 가방을 순서대로 꺼내 영안에게 넘겼다.

수납장 뒤에는 벽과 오십 센티쯤 뜬 공간이 있다. 신우는 거기에 박스 네 개를 쌓아놓고 옷가지와 소지품들을 보관했다. 아침마다 박스에서 갈아입을 속옷과 티셔츠를 꺼낸 후 그 위에 이불 가방을 끼워넣었다. 전날 입었던 옷가지는 그 자리에서 벗어 수납장

맞은편에 있는 세탁기에 넣었다. 원래는 촬영용 의상과 소품, 아기용 침대 시트 같은 걸 빠는 용도다. 신우는 직원들이 모두 퇴근한 뒤 세탁기를 돌려 적당한 곳에 빨래를 널었다. 아침까지 마르지 않으면 다리미로 다렸다. 스튜디오에서는 촬영용 드레스와 양복도 대여하기 때문에 바로바로 손질할 수 있도록 다리미판도 있다. 다리미뿐 아니라 전자레인지와 커피포트, 냉장고, 식기까지 웬만한 살림살이들은 대강 갖춰져 있다. 티나지 않게 쓰면 얼마든지 괜찮았다. 원장은 자신의 예상 밖에서 일어나는 일에 대해선 알려고 하지 않았다. 사진작가와 어시가 촬영 세트에서 섹스하는 건 원장의 예상 너머에 있는 일이었다.

"영안씨는 여기 그만둘 생각 한 적 없어?"

말 붙일 거리를 찾다 신우는 궁금하지도 않은 것을 물었다. 몇 년째 최저임금을 받고 숙련된 일을 하면서 붙어 있는 게 신기하기도 했고.

"왜요? 작가님 그만두시게요?"

영안이 눈을 동그랗게 떴다.

"아니. 그냥……"

"난 또…… 내 인생에서 젤 슬픈 〈곰 세 마리〉를 부른 곳인데 쉽게 그만둘 순 없죠."

영안은 출근 첫날부터 현장에 투입됐다. 어시를 보란 말에 무슨 뜻인지 몰라 멀뚱히 서 있었다. 재주껏 애를 얼러 카메라 앞에서 얼음을 만들란 뜻이었다. 그 자리에서 몇 가지 팁이 전수됐는데, 손가락을 세게 퉁겨 딱딱 소리를 낸다든가, 박수를 치는 거였다. 낮은 음으로 아아아아…… 길게 소리 내는 건 아무래도 괴상해 보였다. 영안이 택한 방법은 동요를 부르는 거였다. 사진작가는 〈곰 세 마리〉를 권했다. 그게 애들이 젤 잘 봐. 영안은 더듬더듬 입을 뗐다. '곰 세 마리가…… 한집에 있어……' 잠을 덜 깬 채로 스튜디오에 업혀와 백 컷 넘게 찍고 있던 아이는 짜증이 날 대로 나 있었다. 아이보다 더 폭발 직전에 있는 사람은 애 엄마였다. '아가씨, 〈곰 세 마리〉를 그렇게 지루하게 부르면 애가 돌아보겠어요? 혀 짧은 소리를 하면서 박수를 짝짝 처가면서 방긋방긋 웃으면서, 응?'

"작년에 그만둔 적도 있는데 다시 돌아왔어요. 어딜 가도 최저임금에 계약직이니까 그게 그거예요. 한두 해 일하고 잘릴까 조마조마한 것보다 여기 있는 게 낫죠. 일을 새로 배우는 것도 귀찮고. 잠깐 알바였는데 직업이 될 줄 알았겠어요?"

신우도 마찬가지였다. 삼 개월만, 오백만원을 모을 때까지만 스튜디오에 있으려 했었다. 일주일 뒤 신우가 스튜디오를 떠날 가능성은 없다.

대학 다닐 때만 해도 보증금 천만원에 월세 사십만원짜리 방이 있었다. 저녁 여섯시부터 새벽 두시까지 편의점에서 일하고 나머지 시간엔 공기업 채용 시험을 준비했다. 공공도서관엔 일곱시까지 가지 않으면 자리가 없었다. 늦잠을 자거나, 도서관에 가 졸았다.

한눈을 판 건 잠깐이었다. 대학 축제 때 사진 동아리 작품전에서 신우의 사진을 눈여겨본 작가가 스태프로 합류하지 않겠냐는 제안을 해왔다. 육 개월 일정으로 남미를 일주하며 촬영한다고 했다. 보수는 따로 챙겨주지 못하지만 항공료와 체재비는 무료고, 촬영 노하우를 기꺼이 전수해주겠다고 했다. 아무에게나 오는 기회가 아니었다. 다시없을 기회였다. 사진작가로 생계를 이을 재능도, 배짱도 없었지만 일생에 한 번 이런 일탈은 행운이라 여겼다.

남미에 다녀온 뒤 페이스를 되찾기 쉽지 않았다. 눈 딱 감고 일 년 공부만 하자 결심했다. 알바도 하지 않고 저축해둔 돈을 최대한 아껴 쓰며 버텼다. 월세를 내지 못해 보증금을 까먹기 시작했다. 지방의 집 한 채가 사실상 재산의 전부인 부모님께 더는 손을 벌릴 수 없었다. 스튜디오는 동아리 동기인 수찬이 소개해줬다. 신우의 사정을 알고 당분간 스튜디오에 머물면서 일을 할 수 있도록 원장에게 말해줬다. '딱 일 년만 일하고 보증금 만들어 나가. 천은 금방 모을 거다.' 수찬은 신우에게 일을 넘기고 그만뒀다.

스튜디오엔 침대도 있고 소파도 있었다. 서재와 정원도 꾸며져 있었다. 고시원보다 나을 것 같았다. 신우는 면접 본 다음날 몇 개의 박스를 가지고 스튜디오로 들어왔다. 살다보니 불편한 점이 의외로 많았다. 제대로 못 씻고 못 자는 건 괜찮다 쳐도 책 한 권 둘 곳이 없었다. 개인 물건은 컵 하나도 사들여서는 안 됐다. 물건이

나 사람에게 무심한 편이어서 그런 것이 크게 문제가 될 줄은 몰랐다. 긴장을 풀 장소가 없다는 게 심리적으로 몰리는 기분이 들게 했다.

신우는 안쪽 깊숙이 있는 포장 가방을 꺼내 영안에게 건넸다. 묵직했다. 이름표에 적힌 이름은 카이, 입고 날짜는 작년 초였다.

"얘 엄마는 만삭 사진부터 병원 출생 사진, 오십 일 촬영, 백일, 이백 일, 돌까지 다 찍어놓고 안 찾아가는 건 뭐야."

영안은 명단에서 카이 엄마 번호를 확인하고 전화를 걸었다.

"이럴 줄 알았어. 죽어라 안 받아요. 그러니까 백일 촬영 왔을 때 잔금 일부라도 받아야 한다니까 원장님은 생각하기 귀찮다고 무조건 찍으라더니…… 이혼했나? 애도 버렸나봐."

베이비 스튜디오 판촉 행사는 주로 산부인과 산모 교실이나 조리원에서 열린다. 설명회에는 상담 매니저가 나간다. '백일 사진, 돌 사진 안 찍을 거예요? 애 낳고 사진도 안 찍어주려면 뭐하러 낳았대?' 너도나도 계약하는 분위기가 되면 망설이다가도 사인하게 돼 있다고 했다. 돌 사진까지 찍고 앨범을 찾아갈 때 결제하면 되니까 대부분 부담 없이 계약한다. 그동안 이혼하는 집도 생긴다.

"무슨, 사진 안 찾아간다고 애도 버렸냐고 해. 사정이 좀 그런가보지."

신우는 영안에게 다시 가방을 건네받아 있던 자리에 넣었다.

"작가님이 몰라서 그래요. 이혼해도 어느 한쪽이든 애를 키우면 앨범은 찾아가요. 애가 크면 돌 사진도 없냐고 원망 들으니까. 엄마도 없는데 돌 사진도 없으면 좀 그렇잖아요. 아빠도 없는데 돌 사진 없는 것도 그렇고. 애를 뺏긴 쪽은 그쪽대로 애 사진이라도 보고 싶으니까 찾아간다고요. 애가 죽었나? 죽었더라도 찾아가는데…… 애 사진이라도 보고 싶어서 얼마나 애틋한 얼굴로 찾아가는데."

영안은 가끔 세상 다 산 것처럼 모질게 말할 때가 있었다. 그럴 때마다 신우는 별생각이 다 들었다.

상담 매니저에게 이끌려 영안까지 셋이 술자리를 가진 적이 있었다. '일주일이나 지났는데 이제서야 원장이 환영회를 해줄 리는 없고, 우리끼리 밥 한끼는 해야지. 안 그래?' 그날 신우는 밥집이 아니라 술집에서, 마흔이 넘은 여자가 이십대 초반의 여자에게 전수하는 섹스 스킬을 들어야 했다. 버젓이 신우를 앞에 두고 영안이나 매니저나 진지했다. 매니저는 그렇다 쳐도, 영안이 더 어이가 없었다. 어디서 무슨 일을 겪으면 어린애가 저렇게까지 되나, 헛웃음이 났다.

"생각해봐요. 만삭 사진은 임신 삼십 주 전후로 찍지 않으면 안 되고, 탄생 사진은 태어난 날 저녁에 찍지 않으면 안 되는 거예요. 오십 일 사진은 육십 일에 찍어야 해요. 오십 일 된 애는 엎드린 채로 가슴을 들지 못한다고요. 백일 사진은 애가 걸어다니기 전에 반드시 찍어야 하고요. 걷기 시작하면 애가 한자리에 있질 못해요. 사진은 너무 빨라서도, 너무 늦어서도 안 돼요. 꼭 찍어야 되는 시기가 있다고요. 하필 그날 애가 아파도 안 되고, 부부싸움을 해도 안 되고, 가족 중 누가 아파도 안 되고, 사고가 나서도 안 되고, 실직해서도 안 된다고요. 정해진 날, 그때그때 카메라 앞에 서는 게 절대 간단한 일이 아녜요."

영안과 얘기하다보면 신우는 말문이 막힐 때가 많았다. 얘기가 멋대로 샜다. 어젯밤 일을 어디서부터 꺼내야 할지 점점 더 꼬였다.

창고 문이 벌컥 열렸다.

"뭐해?"

"하긴 뭘 해요. 창고 치우라면서요."

영안은 원장 쪽으로 눈길도 주지 않았다.

"언제까지 치울 거야. 촬영 시간 다 됐는데."

원장은 두 사람을 번갈아 쳐다봤다. 신우는 입 밖으로 꺼내지도 않은 말 때문에 지레 움찔했다.

"한 시간이나 남았잖아요. 감시하는 거면 지금이라도 사표 내고요."

영안이 쏘아붙이자 원장은 예의 그 시무룩한 표정을 하고 밖으로 나갔다.

"원장님은 세게 받아쳐야 한다고 그랬잖아요. 여기서 어떻게 버티려고 그래요?"

처음 영안이 충고했을 때 신우는 자신은 그럴 일이 없을 거라 생각했다. 그건 신우가 사람을 대하는 방식이 아니었다. 얼마 안 가 그 말이 무슨 뜻인지 알게 됐다. 원장은 상대를 기죽이는 데 실패하면 본인이 기가 죽었다. 고객이건 직원이건 가리지 않았다. 마치 누구든 자신을 괴롭혀달라 애원하는 것 같았다. 불면과 불안의 임계치를 채워 이곳에서 벗어나려는 사람처럼.

"저쪽 벽이 문이었던 거 알아요?"

원장이 나가자 영안이 문 반대쪽 벽을 가리켰다. 옷걸이며 촬영 소품이 쌓여 있는 곳이었다. 벽 너머는 승강기가 있는 복도였다.

"예전에 일하던 직원이 퇴근 후에 몰래 들어와 카메라며 촬영 장비를 몽땅 털어갔대요. 그래서 문을 막아 벽을 만들어놓은 거예요. 작가님 여기 들인 것도 밤새 경비 세우는 건데, 몰랐죠? 원장이 사람 못 믿는 게 다 이유가 있어요. 그때 도둑맞은 게 전 재산이나 마찬가지라 여기 문 닫을 뻔했다던데. 방범 장치를 해도 마음이 안 놓이나봐요."

그런 줄 몰랐다. 그러니까, 원장은 돈 안 드는 경비를 채용하고 선심 쓰듯 구는 거였다. 먼저 일하던 수찬이 그걸 모를 리 없었다. 약삭빠른 놈. 스튜디오에 사진작가가 한 명뿐이니 자신이 빠져나가려면 대신할 사람이 필요했을 것이다. 신우에겐 돈 안 드는 잠자리를 구해주는 것처럼 생색을 냈다.

신우는 청바지 뒷주머니에서 커터 칼을 꺼내 액자를 몇 개씩 묶어둔 노끈을 끊었다. 액자 뒤에 붙어 있는 이름표를 확인해야 했다.

"수찬 작가가 작가님 소개할 때 예술사진을 찍는 분이라 그러던데요."

남미 여행에 동행한 사진작가는 신우의 사진이 프레임 바깥을 상상하게 만든다고 했다.

'여기, 아이가 풍선을 놓쳐서 하늘을 보고 있는 이 사진을 봐요. 힘껏 뻗은 손끝에 줄이 살짝 보이잖아요. 프레임 바깥의 풍선을 상상하게 만들죠.'

지금의 신우라면 그런 말에 우쭐하지 않았을 것이다. 잠시 프레임 밖을 서성였을 뿐인데 오갈 곳 없는 처지가 됐다. 의미는 프레임 안에서만 구성된다고 딱 잘라 말해줬더라면 더 좋았을 것이다.

영안의 휴대폰이 울렸다. 발신자를 확인하더니 눈에 띄게 표정이 바뀌었다.

"네, 네…… 저예요……"

상대를 확인하곤 구석으로 가 목소리를 낮췄다.

영안이 통화하는 동안 신우는 혼자 액자를 정리했다. 이름표를 전부 확인했는데도 아직 통화중이었다. 남자친구인지도 몰랐다.

"누구야?"

굳이 물을 생각은 아니었는데 말이 먼저 나왔다.

"카이 엄마예요. 미안하다고요."

남자친구면 어때서. 영안이 어떤 애면 뭐 어때서.

"왜 안 찾아간대?"

"돈이 없대요. 애는 남편이 데리고 있고 혼자 산대요. 애가 너무 보고 싶어서 사진만 보고 가고 싶다는데요."

"원장이 안 보여줄 거야."

신우가 아는 원장은 사진을 버리면 버렸지 그냥 보여줄 사람이 아니다.

"안 그래도 그럴 거라고 했어요. 안됐지만 어쩔 수 없죠 뭐. 이 엄마 만삭 촬영도 혼자 왔잖아요. 제가 어시 봤거든요. 그때도 왠지 안쓰럽더라고요. 그러고 보니 조리원에서도 남편 못 봤어요. 아, 미혼모였나? 그래서 그렇게 악착같이 사진을 찍었나?"

"이런 사진 안 찍으면 어때서……"

신우가 중얼거렸다. 카이 엄마 마음을 몰라서가 아니었다. 알고도 남았다. 다른 아이와 똑같이 해주고 싶었겠지. 만삭 사진, 탄생 사진, 오십 일, 백일, 이백 일, 돌 사진까지는. 그다음이 문제였겠지.

"애가 생기면 만삭 사진부터 시작해 무조건 찍는 거예요. 남들 하는 건 무조건 다 해야죠. 남들처럼 사는 게 쉬운 줄 아나봐. 그돈도 없는 사람들은 아예 애를 안 만든다고요. 아예 결혼이란 걸안 하죠."

나는 뭐 그런 사진이 없어서 이렇게 살겠어? 신우는 말을 삼켰다. 지금쯤 나도 남들처럼 번듯한 회사 사원증 목에 걸고 다닐 줄 알았다고. 어제 일도 있고 해서 신우는 영안의 말이 거슬렸다. 저도 나보다 퍽 나을 것도 없으면서.

"굳이 연출된 사진을 가져야 할 이유가 뭐야. 추억도 없는 사진을."

"그게 추억인 거예요. 남들 사는 것처럼 세트장에서 사진이라도 찍어보는 거. 카이 같은 애가 이런 집에서 살 수나 있을 거 같아요?"

영안이 밉지 않게 신우를 흘겨봤다.

신우가 해프닝이라고 부르고 싶은 그 일도 영안에겐 추억일까. 지금이다. 지금 말해야겠다. 신우가 어렵게 입을 뗐다.

"영안아, 어젯밤 일은, 뭐 우리가 사귀는 사이는 아니니까, 그냥 지나간 추억이라고 해도 되겠지?"

같은 일이 다시 일어나도 신우는 영안을 거절하지 않을 것이다. 그런 관계가 지속되다보면 사귀지 않는다고 말하기 힘들어질 것 같았다. 보증금만 만들면 스튜디오를 떠날 생각이다. 꼭 공기업이 아니더라도 어지간한 회사에 취업만 하면 아예 머릿속에서 흔적도 없이 지울 것이다.

"나 너 안 좋아해."

신우가 의사를 분명히 했다. 우리, 섹스를 해도 사귀진 말자.

영안이 액자 세는 것을 멈추고 신우를 돌아봤다.

"뭐 어때요. 진짜 집도 아닌데."

예상치 못한 말이었다.

"그게 무슨 뜻이야?"

"어젯밤에 말했잖아요. 여기서 자고 싶었다고."

신우도 기억하고 있었다. 자신과 섹스하고 싶다는 뜻으로 이해했다. 달리 해석할 여지가 없었다.

"정말, 스튜디오 세트에서 하고 싶었다는 뜻이었어?"

이건 무슨 페티시란 말인가. 신우는 멍하니 영안을 바라봤다.

"집이 아닌 곳에서 내가 아닌 것처럼 하고 싶었단 말이죠."

신우는 귀까지 빨개졌다. 그러니까, 영안에겐 신우가 남자로 안 보였다는 말이었다. 사람으로도 안 보였을지 몰랐다.

"진짜 집에서라면 좀 생각할 게 많았겠죠. 그럼 아마 작가님과 안 잤을 거 같아요. 스튜디오에선 흔적만 남기지 않으면 되니까."

맞은편 재활통증의원에 불이 꺼졌다. 신우는 씻고 나오면서 화장실 스위치를 껐다. 복도에 어둠이 빈틈없이 들어찼다. 공간감이 사라져 공중에 붕 뜬 것처럼 느껴졌다. 저 끝에 주황색 프레임이 희미하게 보였다. 방향을 더듬어 다가갔다. 빛의 입자가 좁은 틈으로 쏟아지고 있었다. 사각 프레임은 창고에서 새어나온 빛이었다. 세탁기를 돌리느라 불을 켜놓았다. 원장이 문을 막아 벽을 만들었다더니, 빛이 스밀 만큼 얇은 판자로 입구만 가려놓은 모양이다.

신우는 빛으로 둘러싸인 주황색 문을 밀어봤다. 문의 윤곽이 훤히 보여 쉽게 열릴 것 같았지만 벽에 막혀 불가능했다. 하지만 카메라를 훔쳐간 도둑도 이 문으로 들어갔다지 않은가.

군이 저 안에서 섹스를 하고 싶었다는 영안의 마음을 신우는 알 것 같았다. 어쩌면 신우는 프레임 안으로 영영 진입할 수 없을 것이다. 딱 한 번 꿈꿨을 뿐인데 이렇게 밀려난 건 너무 억울했다. 사람 냄새를 지우며 살다간 모멸감마저 잊게 될까 두려웠다.

작가님 사진은 프레임 밖을 상상하게 만든다던데요.

어둠 속에서 영안이 속삭이는 것 같았다.

신우는 뒷주머니에서 커터 칼을 꺼내 프레임을 따라 긁기 시작했다. 흠집 하나 없는 스튜디오에 가느다란 홈이 파이기 시작했다.

당연히

그들이 내비게이션 안내에 따라 도착한 곳은 용인 톨게이트 부근 나대지였다. 전방엔 가건물 하나가 우두커니 서 있고 화물 트럭이 있어야 할 주차장은 텅 비어 있었다.

"그 사람들, 사라진 거 아냐?"

차로 돌아온 제영이 미간을 찌푸렸다. 간판은 걸렸지만 문이 자물쇠로 잠겼다고 했다. 제영이 이삿짐센터 문을 두드리는 동안 수빈은 백미러에서 눈을 떼지 않고 진입로 쪽을 살폈다. 들어오거나 나가는 사람은 없었다. 외진 곳이라 지나는 사람조차 눈에 띄지 않았다.

"기다려보지, 뭐."

수빈은 조수석 등받이에 깊숙이 몸을 기댔다. 제영의 입에서 나온 '사라진다'는 말은 막막한 단절감과 동시에 피로를 몰고 왔다. 약속 시간까지 십 분 정도 남았다.

통화만 했을 뿐 이삿짐센터 사장을 본 건 삼 년 전이었다. 최근 넉 달간은 '없는 번호'라는 기계음만 들렸다. 삼 일 전에야 기적처럼 연락이 닿았다. 그때까지 수빈이 할 수 있는 유일한 일은 기다리는 것이었는데, 결과적으론 기적을 기다린 셈이었다.

차 앞유리 너머로 건물 옥상이 보였다. 옥상을 가로지른 철근 구조물 위에 컨테이너 박스가 있었다. 말이 컨테이너 박스지, 세로 1.5미터, 가로 5미터쯤 되는 철판을 육면체로 용접한 형태였다. 도색을 하지 않아 용접 부위가 허옇게 변색된 채로 남았다. 내부에 빗물이 고였대도 이상하달 수 없는 형편이었다. 물건들이 무사하길 바랄 수는 없었다. 사실, 수빈은 저 안에 뭐가 있는지도 몰랐다. 미리 대여한 이삿짐 보관업체 창고가 생각보다 작아 물건 일부를 컨테이너 박스에 따로 보관하고 있다는 말만 전해들었을 뿐이었다.

그 집을 떠난 뒤 그들은 불행을 향해 전력 질주했다고밖에 말할 수 없었다. 불행의 속도는 가끔 비현실적으로 느껴졌다. 견고하다 믿었던 현실은 고작 한 겹에 지나지 않으며, 양막과 같은 그 한 겹이 벗겨지고 나면 곧장 비현실적인 상황과 마주하게 된다는 사실은 그 자체로 비현실적이었다. 수빈은 종종 현실의 끝까지 내몰리는 기분이 들곤 했는데, 그때마다 다른 세계로 도망치는 뒷문을 재빨리 찾아냈다. 지그소 퍼즐에 몰두하거나 낯선 블로그에 들어가 어처구니없는 팬픽을 찾아보는 식이었다. 현실의 경계를 넘어서야 잠시 안도할 수 있었다.

제영도 비슷한 방식을 찾아낸 것 같았다. 또다른 불행이 닥칠지 모르는 지금, 자동차 핸들에 가슴을 기대고 느릿느릿 노래를 부르기 시작했다. 침울한 미성이 모터 카, 핸들 바, 바이시클을 차례로 불러오는 동안 수빈은 창고에 보관돼 있을 사 인용 소파와 스틸 소재의 스탠드 조명과 바꾼 지 얼마 안 된 라텍스 매트리스를 하나씩 떠올렸다.

수빈은 창고에 가본 적이 없었다. 창고 어딘가 직사광선도 들지 않고 비도 들이치지 않는 곳에 안전하게 보관돼 있다는 물건들도 본 적 없었다. 두 달마다 보관료를 송금하고 이삿짐센터 사장에게 전화를 거는 게 전부였다. 물건들의 상태를 확인하는 간단한 통화였다. 그러지 않으면 돈을 어딘가로 흘려보내는 느낌이 들었다. 그렇다고 직접 창고로 찾아갈 엄두도 나지 않았다. 일일이 확인하자면 일당을 주고 인부들을 불러 물건들을 꺼내고 다시 같은 곳에 들여놔야 했다. 품삯만 수십만원이 드는데다 혹 문제가 생겼다 해도 다른 방법이 있는 것도 아니었다.

수빈에게 사장과의 통화는 물건들의 존재를 확인하는 단서 같은 거였다. 전화를 걸 때마다 저쪽은 주위가 소란했고, 수빈은 불청객처럼 불쑥 끼어들었다 함부로 내쫓기는 기분이 들었다. 연락이 끊어지기 전 마지막 통화도 그랬다.

"사모님, 혹시 시간이 오래됐다고 포기할 생각은 마시고요, 꼭
저한테 전화를 주셔요. 인건비는 안 받다시피 허고 어디든 옮겨드
릴 수 있어요. 없는 사람 심정은 우리가 더 잘 알아요. 입때껏 있
다가 버려지면 진짜로 아깝잖아요."

희미한 취기가 전해졌다. 사장은 인부들과 회식중인 것 같았다.
예기치 않은 위로에 당황한 나머지 수빈은 전화를 끊을 뻔했다.
그들의 곤란한 처지가 '없는 사람'이란 단어로 간단히 규정될 수
있다는 게 적잖이 충격적이었다.

제영이 아파트를 팔아 선배의 사업에 투자하겠다고 했을 때 수빈
은 무모한 짓이라고 생각했다. 디지털 헬스케어 전문회사를 차렸다
는 제영의 선배 Y는 수빈도 아는 사람이었다. 종종 제영은 Y와 어
깨동무를 하고 새벽에 들이닥쳤다. 수빈은 맥주를 내오고 블루투
스 스피커로 음악을 틀었다. 세 사람은 음악 취향이 비슷했는데, 공
통으로 좋아하는 앨범은 비틀스 앤솔러지 시리즈였다. 수빈은 비
틀스 정규 앨범 열세 장을 모두 갖고 있었으나 비정규 앨범 중엔 앤
솔러지 시리즈가 유일했다. 그녀가 소장한 것은 LP나 CD가 아닌
카세트테이프였다. 수빈은 취기를 이기며 기어이 카세트 플레이어
를 꺼내왔다. 재생 버튼과 녹음 버튼이 나란했다. 잘못 누르면 음악
이 지워지고 엉뚱한 소리가 녹음될 수 있었다.

"아날로그에는 뭔가 더 있는 것 같기도 하고, 뭔가 빠진 것 같

기도 해."

혀가 꼬여가는 와중에도 Y는 수빈의 수고에 인사치레를 했다. 수빈은 음악을 튼 뒤 카세트 플레이어에 앉은 먼지를 대충 닦아내고 있었다.

"결국엔 사라질 운명이죠."

제영이 두 사람 앞에 연거푸 자신의 잔을 내밀었다. 취하면 말끝마다 잔을 부딪치는 게 그의 술버릇이었다. 사라진 뒤에야 존재감을 드러내는 게 아이러니하지 않으냐고 말하려다 수빈은 입을 다물었다. 그럴듯한 대화를 이어가려는 노력은 무의미했다. 그날의 술자리는 Y의 아내가 다국적 햄버거 회사에서 이사로 재직중이며, 그들의 부부생활이 주로 욕실에서 이뤄진다는 것까지 알게 됐을 즈음 끝났다.

제영은 Y의 회사에 자본금을 투자하고 지분 일부를 넘겨받는 조건으로 스카우트를 제안받았다. 회사에 곧 대규모 투자가 유치될 예정이며, 삼 개월 후 절차가 마무리되는 대로 그들의 투자금은 임직원 사내 대출 형식으로 고스란히 돌려받을 수 있다고 했다. 수빈은 투자금이 유입되기까지 절차상의 문제가 얼마나 남았냐고 물었다. 삼 개월이나 걸리는 절차라면 간단치는 않을 것 같았다. 거의 한 달에 걸쳐 제영은 긴 숫자를 써내려가며 수빈의 불안을 끈질기게 허물어나갔다. 마지막까지 그녀의 직관은 불행을 가리키고 있었지만 그가 제시하는 숫자의 허점을 파고드는 데는 무용했다.

수빈은 자유기고가라는 애매한 직업에 형편없는 수입을 올리고 있었다. 수년째 재정적인 균형추는 제영에게 완전히 기울어져 있었다. 수빈의 직관은 그들의 미래에 영향을 미치지 못했다.

아파트는 급매로 넘기고 잔금을 받는 즉시 회사 계좌에 송금하기로 했다. 모든 것이 결정되고 짐을 싸는 당일까지도 수빈은 심란하기 짝이 없었다. 임시로 머물 원룸을 계약했으나 삼십사 평 아파트의 짐을 십삼 평에 모두 들여놓는다는 건 불가능했다. 대부분의 물건들을 보관업체 창고에 보관하다 석 달 뒤 새집으로 옮기기로 했다. 이삿짐센터가 보관업체를 연결해줬다.

"진짜 사모님 같은 댁은 없어요. 대개 한두 번 송금하다 얼마 지나면 슬그머니 사라지거든요. 전화번호도 싹 바꾸고 아예 연락이 안 된다니께요. 요새 그런 댁 많아요. 경기가 안 좋아서 그렇기도 하고 이혼하는 사람들도 워낙 많고요. 애도 버리는 세상에 짐이야 말해 뭐해요. 에휴…… 사모님 댁은 이때껏 꼬박꼬박 제 날짜에 보관료를 부쳐주시니 참 대단하셔. 진짜로요."

스테인리스 그릇이 부딪히는 소리, 쇠젓가락이 탁자를 탁탁 치는 소리, 아이고 형님, 막걸리나 드슈…… 통화감이 휙 멀어졌다 빠르게 돌아왔다.

"짐은 틀림없이 잘 보관하고 있으니께 절대 염려는 마시고요, 짐 뺄 때 꼭 연락 주셔요."

전화가 끊긴 뒤 수빈의 귀에 '사라진다'는 말이 께름칙하게 남았다. 사장의 말뜻은 보관을 의뢰한 쪽에서 연락을 끊는다는 의미였지만 수빈에겐 물건이 사라질 수도 있다는 얘기로 들렸다. 그제야 수빈은 보관업체의 위치도, 사업주의 이름도 모른다는 데 생각이 미쳤다. 캄캄한 어둠 밑바닥으로 물건들이 까마득히 가라앉는 것 같았다.

그곳에 봉인된 것은 수빈의 생활이었다. 커피를 마시기 위해, 외출 준비를 위해, 잠을 자기 위해 당연히 제자리에 있어야 할 물건들이었다. 원룸엔 커피메이커는 있지도 않았고 다른 것들도 모두 임시로 마련한 거라 도무지 손에 익지도, 몸에 맞지도 않았다. 데스크톱 컴퓨터 대신 태블릿 피시에 무선 키보드를 연결해 원고를 썼다. 헤어 세팅기가 없어 이천원짜리 헤어롤로 대신했다. 적당히 빛을 가려주는 우드 블라인드와 침대 사이드 테이블, 야시장에서 건진 물고기 모양의 컵받침 같은 것들이 하루에도 수십 번 아쉬웠다. 그것들은 수빈의 손과 발에 보이지 않는 끈으로 이어져 있는 것 같았다. 수천 가닥의 기다란 끈이 멋대로 풀리고 엉켜 그 끝을 쥐려는 무의식적인 시도는 헛손질이 되기 일쑤였다. 물건들이 제자리에 없으니 수빈의 생활은 어딘가 안정감이 없고 매사가 흐트러졌다.

계약서를 찾아야 했다. 보관업체의 주소나 전화번호라도 적혀 있을지 몰랐다. 수빈은 그 몇 장의 종이가 어디 있는지 짐작조차 어려웠다.

원룸으로 이사한 뒤 그들은 최소한의 물건들로 살아보려 했다. 쓰고 버려도 좋을 물건들만 들였지만 사계절을 세 번 지나는 동안 싸구려 옷을 샀고, 철마다 적당한 두께의 이불이 필요했다. 비누 받침이나 욕실 매트, 밀폐용기도 있어야 했다. 볼펜엔 수정 테이 프가, 식도엔 연마기가 딸려왔다. 길을 가다가도 판촉용 물휴지나 화장솜, 부채 같은 게 손에 쥐어졌다. 요령껏 구석구석 수납하는 데도 물건들은 바닥과 선반에 넘쳐났다.

그들은 디자인과 크기가 비슷한 수납장을 여러 개 구입해 차곡 차곡 쌓아놓는 게 최선이라는 결론을 내렸다. 수빈이 인터넷 쇼핑 몰에서 플라스틱 정리함을 서른 개 주문했다. 공간에 맞게 블록처 럼 쌓을 수 있다는 게 장점이었다.

처음엔 두 사람이 모두 납득하는 일정한 카테고리로 물건들을 분류했다. 머플러와 장갑을 한곳에 넣고 단추와 실, 바늘을 함께 넣었다. 제영의 넥타이와 양말, 손수건과 메모장이 한 칸을 차지 하고 자동차 열쇠와 구둣솔이 같은 공간에 들어갔다. 틈나는 대로 필요 없는 것들을 버렸지만 물건들은 계속 늘었다. 수빈은 세 차 례 더 정리함을 주문했다. 오래지 않아 공간에 한계가 드러났다.

수납함이 부족해지자 카테고리의 경계가 희미해졌다. 제영이 손 톱깎이를 넣은 곳을 수빈은 찾아내지 못했다. 그 반대도 마찬가지 였다. 수빈이 넣으면 제영이 헤맸다. 손톱깎이는 하루는 면봉과 함 께, 다른 날은 양말과 함께 발견됐다. 그것 때문에 다투기까지 했지만 크고 작은 물건들의 수납 장소를 일일이 합의하고 기억하는 것은 불가능했다. 물건들은 어딘가에 있었지만 어디에도 없었다.

클럽을 찾다 지친 어느 날엔 바닥에 벌렁 드러누워 눈을 질끈 감았다. 떠난 집의 서재와 창가에 놓인 책상과 책상에 딸린 삼 단 우드 서랍장이 선명했다. 첫번째 칸을 열자 색색의 클럽이 투명 상자에 가득했다. 수빈은 단숨에 초록색 클럽 하나를 골라냈다. 수빈이 계약서를 버렸을 가능성은 거의 없었다. 하지만 제영이라면? 부동산 중개업소에서 계약서에 사인을 하고 봉투에 넣어 챙긴 건 수빈이었다. 누르스름하고 얇은 종이가 다른 사람에겐 아무것도 아닌 것으로 보일 수 있었다.

플라스틱 정리함은 사방 벽면에 빼곡히 들어차 있었다. 대개 육 단으로 쌓여 있었지만 높은 건 팔 단이나 됐다. 맨 위 칸에는 거의 쓰지 않는 물건들이 있었다. 계약서 같은 건 그런 곳에 뒀을 가능성이 컸다. 의외로, 하루에도 몇 번씩 열어보는 칸에 있을 수도 있었다. 그런 칸에는 잡동사니들이 잔뜩 들어차 있어 안쪽 깊숙한 곳에 구겨져 있으면 좀처럼 눈에 띄지 않았다. 수빈은 같은 곳을 두 번 열어보지 않기 위해 출입문에서 가까운 맨 위 칸부터 시작해 시계방향으로 방을 한 바퀴 돌기로 했다.

한쪽 벽면을 차지한 정리함을 거의 다 열었을 때 제영에게서 전화가 왔다. 중요한 파일이 담긴 유에스비를 집에 놓고 왔으니 거기 있는지 확인해달라는 거였다. 수빈은 유에스비를 봤을 수도 있고, 못 봤을 수도 있지만 기억이 잘 나지 않는다고 말했다. 지금은 계약서를 찾고 있다고 했다.

"무슨 계약서?"

제영이 물었다.

"창고에 물건 보관을 의뢰한 계약서."

"……"

잠깐 아무 말이 없었다. 안 그래도 초조하던 차에 수빈은 짜증이 났다.

"내 잘못이라는 거야?"

수빈에겐 모든 게 제영의 탓인 것만 같았다. 투자 유치에 실패하고 Y가 사라진 게 그의 잘못은 아니었다. 그의 잘못은, 수빈의 직감을 무시하고 닥쳐올 일을 정확히 반대로 예측했다는 거였다.

"그런 게 아니라…… 만일 그거 못 찾으면 우리 물건이 거기 있다는 걸 어떻게 증명해?"

제영의 말에 수빈은 갑자기 멍해졌다.

계약서가 존재해야만 물건들의 존재가 증명된다. 계약서가 없으면 물건의 존재는 믿을 수 없게 된다.

"그야 당연히……"

본래 물건들은 우리 것이었는데 잃어버렸으며, 잃어버린 것은 당연히 창고에 있어야 한다고 설명하려 했지만 수빈은 도무지 머릿속으로 단어들을 조합할 수 없었다. 제영이 작게 한숨을 내쉬는 소리가 들렸다. 그는 유에스비는 집에 와서 찾아보겠다며 전화를 끊었다.

계약서는 통장이며 서류, 도장과 영수증이 뒤죽박죽 섞여 있는 곳에서 발견됐다. 너무 반가운 나머지 손이 약간 떨리기까지 했다. 계약서는 모두 세 장이었다. 첫 장에 이사 날짜와 주소, 금액이 적혀 있고, 다음 장에는 이삿짐의 주요 목록이 있었다. 마지막 장이 보관에 관한 내용이었다. 이삿짐센터가 위탁 서비스를 제공한다고 쓰여 있었다. 뒷면까지 살펴봤지만 어디에도 보관업체 주소나 연락처는 없었다. 심지어 꼬박꼬박 보내는 보관료의 송금 계좌조차 이삿짐센터 사장의 것이었다. 이렇게 허술한 계약서에 버젓이 자신의 사인이 있다는 게 더 믿을 수 없었다.

수빈은 이삿짐센터 사장에게 다시 전화를 걸었다.

"차암 사모님, 염려 마시라니까요. 사모님 댁 창고는 새로 지은 거라 아주 깨끗하다고 제가 몇 번이나 말씀드리지 않았습니까. 기억나시죠, 예? 창고 주인이 제가 아주 잘 아는 막역한 형님이라 특별히 거기 잘 넣어뒀다고요. 제가 그렇다고 몇 번이나 말씀드렸잖아요. 차암, 또 그러시네."

술이 꽤 됐는지 중간중간 숨이 거칠었다. 누군가 가래침을 올리는 소리가 섞여들었다.

"죄송하지만, 앞으로 보관료는 보관업체 사업주의 계좌로 직접 송금하고 싶은데요."

이삿날 이사 비용은 이미 지불했으니 보관료는 보관업체로 송금하는 게 합리적이었다.

"틀림없이 거기 형님한테 보관료는 따박따박 전해드리고 있어요. 말씀드렸다시피, 저희는 보관 수수료는 따로 한푼도 안 떼고 있다니께요. 차암, 아시지 않습니까? 암튼 사모님은 그런 걱정은 하시지 마시고 창고에서 짐을 뺄 때 날짜만 따악 정해주시면 언제든지 갖다드리것습니다. 저희도 장비를 꺼내야 하는데 창고에서 사모님이 직접 물건을 빼가시면 참 난처한 일 아닙니까?"

창고 안에는 이삿짐센터 소유의 장비들도 함께 들어 있었다. 장비라야 때가 낀 노란 바구니 수십 개와 가구에 흠집이 나는 걸 막기 위해 둘러싼 낡은 담요 같은 것들이었다. 몇 푼 나갈 거 같지 않은 이사 장비 때문에 보관료를 담보로 잡히는 것 같아 수빈은 억울한 기분이 들었다. 두 달에 삼십만원씩 입금했으니 지금까지 오백만원 넘는 돈이 들어갔다. 만약 이 돈이 창고 주인에게 제대로 전달되지 않았다면 물건들은 진작 버려졌을 게 아닌가. 그렇게 못 미더우면 창고에서 짐을 빼면 될 거 아니냐는 은근한 압박도 수빈의 불안을 부추겼다. 얼마 안 되는 보증금에 월세로 살고 있는 그들에게 넓은 집을 구하기란 요원한 일이었다.

수빈은 말문이 막혀 마른침을 삼켰다. 사장은 이참에 못을 박아두려는지 또박또박 끊어가며 말했다.

"그리고 말 나온 김에 말씀드리면요, 저희 장비가 거기 들어가 있는 바람에 요 근래 백만원 돈을 들여서 장비를 새로 구입했어요. 이거는 사모님이 틀림없이 보상을 해주셔야 해요. 애초에 삼 개월만 생각하고 거기 넣어둔 건데 벌써 몇 년째 쓰지도 못허고 묶여 있는 거니께요."

"장비 구입비를 저희가 드려야 한다고요?"

수빈은 어이가 없었다. 이삿짐센터의 장비 구입비를 어째서 이쪽에서 부담해야 한단 말인가.

"사모님한테는 별거 아닌 걸로 보일지 몰라도 장비가 없으면 저희는 일을 못해요."

사장은 전에 없이 완강하게 나왔다.

이제 와 생각해보면, 사장의 말에 기대 여태껏 보관료를 송금해온 거나 마찬가지였다. 이사 비용 견적을 내러 사장이 예전 집을 방문했을 때 수빈은 미리 양해를 구했다. 이사 당일 부동산 중개업소와 은행을 오가야 해서 경황이 없을 것 같으니 알아서 잘 부탁한다고 했다. 사장은 무조건 믿고 맡기라 했다. 포장이사는 원래 집주인이 손 하나 까딱하지 않는 거라면서.

막상 이삿날이 되자 오전 일곱시까지 온다던 사람들이 아홉시가 다 돼서야 왔다.

"사모님은 이사를 들어가시는 게 아니라 짐을 맡기실 거기 때문에 포장이 말도 못허게 꼼꼼해야 해요. 포장 부피가 커질 거 같드라고요. 우리 차에는 다 들어가지 않을 거 같아서 아는 업체에서 일부러 큰 탑차를 빌려오느라 좀 늦었어요."

견적 낼 때 저렴한 가격을 책정하고 당일 이런저런 이유를 대며 추가 요금을 요구하는 경우는 다반사였다. 다행히 사장은 탑차를 빌리는 추가 비용을 따로 요구하지는 않았다. 문제는 그게 아니었다. 그들이 부동산 중개업소에서 잔금을 받고 은행에 들러 Y의 회사로 투자금을 송금한 뒤에도 대부분의 물건들이 아파트에 그대로 남아 있었다.

"저희는 원래 제주도로 가는 이삿짐을 전문으로 취급하는 업체라서 짐을 하나, 하나 진짜로 꼼꼼하게 싸요. 인천에서 화물차째로 배에 실어서 제주도로 가니께 허술하게 싸면 꼭 사달이 나요. 뱃길로 가는 거랑 육지로 가는 거랑은 사뭇 다르거등요. 대충대충하는 업체는 얼렁얼렁 실어 보내기 바뻐 물건이 그만큼 상허기 십상이라는 걸 꼭 아셔야 해요."

수빈과 제영이 시간이 좀더 걸리느냐고 번갈아 물을 때마다 사장은 대수롭지 않게 대꾸했다.

"요새 제주로 가는 젊은 사람이 많아요. 여기가 원체 살기 힘들어서 그런가…… 우리 아들도 제대하고 거기 자리를 잡을 생각인데 일자리가 있을지 걱정이에요. 중국 사람들도 엄청 들어온다고 하더라고요."

부엌살림을 정리하는 아주머니였다. 신문지로 그릇을 일일이 싸고 서너 개씩 포개 에어포켓 포장재로 한번 더 감싸는 중이었다. 수빈의 심란한 표정을 살피고 일부러 말을 걸어주는 것 같았다. 말을 보낼 기분이 아니어서 수빈은 고개만 끄덕였다.

수빈은 식탁이 있던 자리에 앉아 오랜 시간에 걸쳐 조금씩 빈자리가 늘어가는 걸 지켜봤다. 인부들은 발자국이 선명한 담요를 디지털 피아노에 뒤집어씌우고 테이프로 둘러쌌다. 담요 밖으로 드러난 피아노 다리에 테이프가 들러붙었다. 물건을 내가면서 원룸으로 옮길 것인지 창고로 보낼 것인지 수시로 묻기도 했다. 일일이 정해놓지 않아 수빈은 즉흥적으로 답해야 했다.

태양이 남서향 창을 통해 빛을 한 겹 한 겹 거둬들였다. 물건들이 있던 자리에 석양이 느리게 들어찼다. 마지막으로 현관문을 닫을 때 수빈은 그림자 없는 빛이 집안을 채우는 걸 물끄러미 바라봤다.

이삿짐을 탑차에 모두 실었을 때는 오후 다섯시가 넘었다.

"사모님도 창고로 같이 가실랑가요? 창고가 여기서 거리가 꽤 됩니다."

사장은 목에 감고 있던 수건을 풀어 옷에 붙은 먼지를 팡팡 털어냈다. 알아서 잘 옮겨놓을 테니 염려 말라는 말에 제영이 그렇게 하라고 했다. 그들에게는 새집에 가서 짐을 정리할 일이 남아 있었다.

밤 아홉시가 다 됐을 때 사장에게서 전화가 왔다.

"짐은 틀림없이 잘 넣어놨어요. 창고에 도착하고 보니 가져간

짐이 너무 많아 택도 없겠드라고요. 예, 거기 다 못 들어갔죠. 마침맞게 우리 사무실 옥상에 빈 컨테이너 박스가 있어서 나머지 짐은 거기 넣어놨어요. 창고를 또 하나 빌리면 비용이 추가로 들어갈 거라……"

수빈은 속으로 그럼 그렇지, 하고 반쯤 포기하고 물었다.

"추가 비용이 들어간단 말씀이세요?"

"삼 개월만 있다가 곧 가져가실 짐인데 저희가 그냥 맡아드려야죠."

하루종일 발생하는 변수와 돌발 상황에 지쳐 수빈은 될 대로 되라는 심정이었다. 어쨌든 삼 개월 후에 물건을 찾기만 하면 될 일이었다.

이삿짐센터 사장이 물건 일부를 무료로 맡아주는 선의는 석 달까지였다. 이쪽 사정 때문에 강제로 기간이 연장되는 중이었다. 창고 주인의 계좌로 보관료를 직접 송금하겠다고 수빈이 일방적으로 통보할 수만은 없는 이유였다. 그렇다고 사전에 아무런 말도 없이 구입한 장비 비용을 내라는 건 너무하다 싶었다. 수십 개의 노란 바구니를 사서 어디에 쓰란 말인가.

"지금은 얼마를 드린다 말씀 못 드려요. 저희가 새로 장비를 구입하라고 말씀드린 것도 아니고, 그걸 눈으로 본 적도 없는데 어떻게 백만원이나 드리겠어요."

통화가 길어지면 추가 비용이 끝도 없이 늘어날 것 같았다. 수빈이 먼저 전화를 끊은 건 처음이었다.

내내 마음이 편치 않았다. 창고에서 짐을 뺄 때 이사 비용에 얼마를 더 드리겠다고 깔끔하게 정리하는 게 차라리 나았을까, 머리가 복잡했다.

두 달 뒤 보관료를 송금하고 다시 전화를 걸었을 때 수빈은 불안의 정체를 맞닥뜨렸다. '없는 번호'라는 안내가 들렸다. 몇 번이나 다시 걸었지만 마찬가지였다. 이삿짐센터 대표번호로도 걸었지만 아무도 받지 않았다. 깨끗이 사라진 것이다.

어딘가에 물건들이 고스란히 존재한다고 생각하니 도무지 일상에 집중할 수 없었다. 여행을 떠나온 것 같았고, 언젠가 물건들이 있는 곳으로 돌아가야 할 것만 같았다. 하지만 그곳이 어딘지 알 길이 없었다. 삼 일 전 이삿짐센터 사장의 번호가 휴대폰 액정 화면에 떴을 때 수빈은 드디어 돌아갈 곳의 주소를 받은 기분이었다.

약속 시간이 지났지만 아무도 나타나지 않았다. 제영은 하릴없이 사무실 주변을 맴돌기 시작했다. 그러다 차로 돌아와 수빈에게 시간을 확인하기도 하고, 사장을 만나면 잊지 말고 보관업체 주소를 받아야 한다고 일깨우기도 했다. 수빈은 백미러를 통해 진입로 쪽만 바라봤다. 일부러 전화까지 해놓고 나타나지 않을 가능성은 얼마나 될까? 그럴 확률은 낮았다. 하지만 수빈은 불행이 어떻게 오는지 알고 있었다. 그것은 확률 너머의 세계에서 밀어닥친다.

제영이 세번째로 다가와 뭔가 말하려 할 때 일 톤 트럭 한 대가 먼지를 몰고 주차장으로 들어왔다.

"하이고, 참 차가 말도 못허게 밀리네요."

운전석에서 사장이 내렸다.

"사람도 트럭도 죄다 바다에 빠지는 판국에 전화기가 다 뭐래요. 거래 장부도 연락처도 트럭에 모다 있었는데, 별수 있간디요…… 간신히 사모님 댁 연락처를 수첩에서 찾았죠. 그게 생각날 때 쓰고, 안 쓰면 아무데나 내비뒀던 거라 들춰볼 생각도 못했던 건디요. 사무실에 있었으니 망정이지, 것두 아니었으면 맡아놓은 짐을 어떡할지 고민이 이만저만이 아녔으니께요."

사장은 사람도, 트럭도 바다에 빠뜨려 영업을 할 수 없게 됐다고, 사무실을 정리해야 해서 물건을 더는 맡아줄 수 없다고 했다.

"사모님 댁 짐을 싼 아줌마도 여적지 거기 있어요. 일 고만두고 아들허고 제주도에 정착한다고 해서 우리가 그날 작업 들어가는 김에 살림을 실어다준다고 했거등요…… 아줌마는 아래층 여자들 방에 있고, 우리는 맨 위층 화물차 운전사들 대기실에 있어서…… 그 아줌마도 살았것지 했는데…… 나와봉께 안 보이더라고요……"

수빈은 그 아주머니를 기억하고 있었다. 뚝배기를 주방세제로 닦으면 된장찌개가 끓을 때 세제 거품도 같이 우러난다고 알려줬다. 밀가루를 묻혀서 닦든가요, 수세미로 뜨거운 물에 박박 닦아야 해요. 수빈은 알려줘서 고맙다고 인사했다. 그 아주머니를 아직 찾지 못했다고 했다.

사장은 컨테이너 박스 속 물건들을 원룸에 실어다줬다. 테이프에 감긴 피아노 의자와 겨울 이불, 이제는 못 입을 것 같은 옷가지 따위였다. 수빈은 이사 비용을 넉넉하게 지불하는 것으로 장비 구입비를 대신했다. 사장은 이제 필요 없다면서 노란 바구니들을 원룸에 두고 갔다.

창고의 물건들도 꺼내왔다. 사장이 알려준 보관업체 연락처로 전화했더니 물건들의 상태를 장담할 수 없다고 했다. 대부분 곰팡이가 슬었거나 나무로 된 가구는 썩었을 거라 했다. 원룸엔 여전히 그것들을 들일 공간이 없었다. 그들은 창고에서 물건들을 꺼내 버릴 것들을 가려냈다. 망가진 것과 자리를 많이 차지하는 것들을 먼저 버렸다. 이미 원룸에 있어 두 개나 필요 없는 물건들도 처분했다. 재활용 센터에서 트럭을 가져와 실어갔다. 다 버리고 나니 가져갈 것은 얼마 없었다.

끝내 찾을 수 없는 물건들도 있었다. 보테로 전시에 갔을 때 기념품점에서 산 작은 그림 한 점과 단종 모델이라 이젠 구할 수도 없는 휴대용 버너 같은 것들은 아무리 찾아도 없었다. 그중 수빈의 마음을 가장 쓰리게 한 건 카세트테이프였다.

"여보, 우리 비틀스 앤솔러지 없어졌어. 딴건 몰라도 그건 있어야 하는데……"

울상이 된 수빈을 향해 제영이 뭔가를 번쩍 들어올렸다.

"그거? 여기 있잖아."

제영의 손에 들린 건 카세트테이프가 아니라 DVD였다. 표지가 같았지만 앨범의 제작과정을 영상으로 기록한 거였다.

"아니, 내 카세트테이프 말이야."

제영이 도통 모르겠다는 표정을 지었다.

"그런 게 우리집에 있었어? 본 적 없는데……"

"무슨 소리야. Y선배가 우리집에 왔을 때 내가 카세트 플레이어까지 꺼내 틀어줬잖아."

수빈이 펄쩍 뛰었다.

"그게 언젠지는 몰라도 선배가 우리집에 왔다 하면 난 십중팔구 취해 있었으니까…… 암튼 난 몰라. 앤솔러지는 DVD로 들은 거 아냐?"

DVD에도 노래가 수록돼 있긴 했지만 어디까지나 음악을 듣기 위한 용도가 아니었다. 그동안 유튜브로 노래를 찾아 들으면서도 플라스틱 케이스에 든 카세트테이프가 얼마나 그리웠는데. 실수로 녹음 버튼을 눌러 그날의 대화가 녹음된 건 아닌지 가끔 궁금하기도 했다. 원래부터 없었다는 건 도무지 말이 안 되는 소리였다.

"잃어버렸나봐……"

"있지도 않은 걸 어떻게 잃어버려."

제영이 퉁명스럽게 대꾸했다.

수빈은 답답한 나머지 눈물까지 핑 돌았다. 카세트테이프가 틀림없이 존재했다는 걸 증명하고 싶었다. 하지만 언제 샀는지 도무지 떠오르지 않았다. 수납했던 자리도 생각나지 않았다. Y가 있던 밤, 그날의 기억이 전부였다.

"당연히 있었단 말이야."

있지도 않았던 물건의 상실감은 어디서도 보상받을 수 없었다. 어느 날 갑자기 빼앗긴 일상에 대한 상실감을 보상받으려 적지 않은 액수의 보관료를 지불해온 것인지도 몰랐다. 수빈은 그것을 잃어버리기라도 해야 했다. 그동안의 마음고생이 아예 없던 게 되는 것보단 나았다.

"그러니까 당신은, 잃어버렸으니까 당연히 갖고 있었던 거란 말이야?"

제영이 코웃음을 치고 책꽂이에 책을 순서대로 꽂는 일로 돌아갔다. 그에겐 책의 배열에 나름의 규칙이 있었다.

수빈은 제자리를 찾지 못한 물건들 속에 손을 놓고 주저앉았다. 제영의 말이 맞는지도 몰랐다. 그녀는 오직 상실감으로 그것의 존재를 증명할 수밖에 없었다.

"그 아주머니가 있다면 당연히 찾아줄 텐데……"

삼 년 전 수빈은 식탁을 들어낸 자리에 앉아 아주머니가 거실장의 CD와 LP, DVD와 카세트테이프를 포장하는 걸 지켜봤다. 거실 창밖으로 노을이 지고 있었다. 파스텔 색조의 구름이 아이스크림 스쿱으로 떠놓은 것처럼 뭉게뭉게 떠다녔다. 그녀는 그날의 현실감을 필사적으로 기억해내려 애썼다.

광장 주변 술집은 새벽까지 문을 열었다. 수빈과 제영은 맥주 한 잔씩을 마시고 집에 돌아와 비틀스 노래를 들으며 잤다. 어떤 날은 촛불을 켜다 앞사람 모자에 달린 털 장식에 불이 붙어 급히 손으로 털어 끄고 도망쳤다. 인파 속으로 사라지면서 그들은 어이가 없어서 웃음을 터뜨렸다. 밤에 누우면 문득문득 카세트테이프가 사무치게 그리웠다. 틀림없이, 비틀스의 노래가 흘러나오는 노란 바구니가 세상 어딘가를 둥둥 떠다니고 있을 것만 같았다.

거기 잘 있는 거죠, 아주머니?

재난
수령인

족발 세트가 걸렸다. 치킨이나 피자 같으면 콜 두 개는 업고 밟아도 되지만 족발 세트는 어림없다. 쟁반국수, 어리굴젓, 주먹밥, 새우젓 같은 사이드 메뉴가 여섯 개 이상은 딸려간다. 이번엔 1.5리터 생맥주까지 배달 박스에 실어야 한다. 건물 안으로 들어가면 들고 뛰어야 하는데 비닐봉지에 담긴 포장용기들이 랩에 꽁꽁 묶여 제대로 붙어 있기만 바랄 수밖에.

불평해봤자 배달 앱에 탑재된 AI를 한 방 먹일 수도 없는 노릇이다. 벌써 출발 버튼이 깜박이기 시작했다. 터치하자마자 액정 화면에 현 위치와 배달 장소, 도착 예상 시간이 표시됐다. 십삼분. 뻥 뚫린 골목을 브레이크 밟지 않고 달리면 도착할 수 있는 시간이다. 앱엔 거리만 표시될 뿐 등고선은 고려되지 않는다. AI는 골목을 모른다. 골목에서 일어나는 오만 가지 변수를 학습할 의지 따윈 없다.

골목은 꽉 막혀 있기 일쑤다. 자동차 두 대가 길 양쪽에 엇갈려 주차돼 있거나, 쌍둥이 유아차의 오후 산책 코스와 겹치기도 한다. 도착 예상 시간보다 늦으면 배달 평점은 망한 거나 마찬가지다. '좋아요' 별 다섯 개 중 하나만 달려도 다행이다. 별이 떨어져도 배달 수수료는 떨어지지 않는다. 대신, 보이지 않는 페널티가 들어온다. 원거리나 상습 정체 구역, 아니면 주문한 지 한 시간쯤 지난 콜이 뜬다. AI가 복수하기 때문이다. 복수를 꿈꾸는 AI를 심는 프로그래머는 어떤 인간일까. 그 안에 누군가를 빠뜨리는 상상을 하며 치밀하게 앱을 설계하는 인간.

휴대폰에 '인경씨'가 떴다. 엄마다. 일하는 시간에 인경씨가 전화를 거는 일은 드물다. 좌회전 신호를 받지 않고 유턴하거나, 순간적으로 시야를 확인하고 핸들을 꺾는다는 걸 알기 때문이다.

"그 인간이 기어이…… 너더러 이런 걸, 부양의무, 가족해체…… 뭐를 쓰라는데."

목소리가 떨렸다. 인경씨답지 않았다. 당황한 것 같았다. 몇 년째 소식을 모르던 그가 이런 식으로 연락해올 줄 몰랐을 테니까. 통화중에도 배달 앱에 뜬 위치 표시가 제자리에서 깜박였다. 당장 시동을 걸어야 했다. 스쿠터든, 머릿속이든.

내신 사 등급에 막판 정시까지 몰린 끝에 대학에 합격하자마자 2종 소형 면허를 따고 중고 스쿠터부터 샀다. 입학하기 전 미리 시운전도 해봤다. 지하철과 버스를 갈아타는 것보다 왕복 사십 분 정도 절약됐다. 길이 익숙해지면 한 시간은 당길 수 있을 것 같았다.

스쿠터에 맛을 들인 건 중고 오토바이 가게에서 일하는 웅태 때문이었다. 고등학교 때 같은 반이었는데 가끔 학원까지 날 태워줬다. 교문에서부터 긴 진입로를 걸어내려와 정류장 근처를 두리번거리면 분식집 앞에 흰 스쿠터가 보였다. 웅태는 단골집에 스쿠터를 맡기고 다녔다.

스쿠터 얻어 탄 걸 애들이 몇 번 보곤 무슨 사이냐 물었다. 웅태가 덤덤한 얼굴로 썸 탄다고 했다. 아니라고 하자니, 그건 또 아닌 것 같았다. 그뒤부터 뭔가 애매해졌다. 뒷자리에서 그애 어딜 잡아야 할지 고민하게 됐다. 허리? 어깨? 옷자락? 타지 말까? 이틀 정도 고민하다 카톡 상태 메시지에 한 자 올렸다. '끝'. 웅태도 처음엔 서운해하는 눈치더니 곧 친구로 돌아왔다.

"너도 대학생 되면 이런 거 하나 사. 교통비 아끼고 아르바이트 시간도 벌 겸 요즘엔 대학생들이 많이 타. 중고 가격 얼마 안 해."

쌩쌩한 엔진, 짱짱한 연비와 출력, 쇼바 스프링만 갈면 전날 출고된 것 같은 산뜻한 놈이 가게에 들어왔다고 알려준 것도 웅태였다. 무조건 와보라기에 갔더니 레몬색 스쿠터가 있었다. 운전석에 앉으면 레몬향이 날 것 같았다. 실제로 상큼한 냄새가 나긴 했다.

웅태가 레몬향 광택제로 윤을 냈기 때문이다. 스쿠터를 타고 캠퍼스 강의동 사이를 누빌 생각만 해도 콧속에 바람이 빵빵하게 들어차는 것 같았다.

수능 끝내고 바로 알바를 뛰었다. 빵집 알바가 생각보다 빡세긴 해도 일할 만했다. 수능 점수도 백 일 정도 바짝 집중한 것치곤 그럭저럭 나왔다. 누굴 닮아 공부 머리가 있다는 인경씨 말이 어느 정도 맞는 것 같기는 하다. 물려준 재난에 비해 대단한 재능은 아니지만.

막상 인수할 날짜가 닥치자 딱 팔십만원이 부족했다. 주말 마감 알바를 도맡고 고등학교 교복까지 중고거래 앱에 올렸다. 더는 털어볼 곳도 없었다. 별수없이 인경씨에게 손 내밀었다. 대학 등록금은 앞으로 한푼도 받아내지 않는다는 조건이었다. 솔직히, 인경씨 입장에선 나쁘지 않은 제안이었다. 외동딸의 사 년 치 학비를 면제받을 수 있는 기회였다.

등록금은 믿는 구석이 따로 있었다. 친절하게도 우편물까지 보내줬다. 국가장학금 신청 안내서였다. 가족도 아닌 나에게 국가가 학비를 대준다니. 마치 국가의 가족으로 입양된 기분이었다. 가출한 그 사람과 경제적으로 무능한 인경씨보다 그쪽이 몇 배는 더 믿음직스러웠다.

소득분위에 따라 지원 금액이 달랐다. 우리집 수입은 인경씨가 받는 최저임금 수준의 월급이 전부였다. 낡은 십팔 평 다세대주택

의 재산 가치는 군이 따질 필요도 없었다. 가뿐히 최저 소득분위
를 찍고도 남을 만했다. 절차도 간단했다. 마우스 클릭 몇 번이면
됐다.

홈페이지에 접속하자마자 팝업창이 떴다. 자산 조회를 위해 가
족구성원 모두의 동의가 필요하다고 했다. 문자로 동의만 해주면
되는 간단한 절차였다. 누구나 통과하는 그 성긴 그물망에 걸러지
는 사람이 바로 나였다.

집을 나간 뒤에도 그는 여전히 삼 인 가족의 가족관계증명서 첫
줄에 그대로 있었다. 우리 가족은 오래전 무너진 왕조였고 왕좌
따위는 아무짝에도 쓸모없었지만 그는 자리를 비우지 않았다. 법
무사인 그의 수입은 가구 소득분위를 몇 단계 거뜬히 끌어올릴 게
분명했다. 스쿠터를 되팔아야 하나. 인경씨에게 또 손을 내밀어야
하나. 둘 다 지옥 같은 시나리오였다.

장학재단에 전화해 담당자에게 설명했다. 모르는 사람에게 사
춘기에 닥친 재난을 털어놓는 건 괴로운 일이었다.

"그러니까, 아버지가 오 년 전 가출하셨다는 거잖아요. 그런데
저희는 서류로만 심사를 하거든요."

건조한 답이 돌아왔다. 나는 성의껏 다시 설명했다. 아버지로
등재된 사람은 현재 가족구성원들과 동거하고 있지 않으며, 나의
대학 등록금과는 아무 상관 없다고.

"일일이 설명하실 게 아니라, 서류를 정리해 가져오시면 간단

하죠."

부모의 이혼 절차가 끝날 때까지 기다리다간 입학금 납부 기간이 끝날 텐데, 무슨 무책임한 소리냐 따졌다.

"국민에게 주는 거라면서요. 치사하게 왜 가족을 증명해야 하냐고요."

나는 봐주지 않았다. 억울하기로 말하자면 하루아침에 벌레로 둔갑한 그레고르보다 더한 심정이었다. 담당자는 지친 나머지 나중엔 사정하다시피 말했다.

"저한테 이러셔도 소용없다니까요."

국가의 가족은 무슨…… 번번이 가족의 부재를 일깨우는 것은 다름 아닌 국가였다.

결국 가게로 웅태를 찾아갔다. 스쿠터를 되팔겠다고 했더니 신박한 의견을 내놨다.

"팔지 말고 알바를 뛰어."

개인용 스쿠터가 있으면 배달 대행 사무실에 매달 내는 오토바이 리스 비용 삼십만원을 안 내도 된다고 했다. 위험해 보였지만 다른 선택은 없었다. 때마침 감염병으로 등교가 중지되고 모든 수업이 온라인으로 전환됐다. 비대면 수업 기간 동안만 뛰기로 했다. 시작은 그랬다. 한 해를 넘길 줄은 몰랐다.

족발은 식어도 상관없지만 쟁반국수는 퉁퉁 불어 먹을 수 없게 된다. 인경씨 전화를 받느라 이 분 정도 출발이 지체됐다. 횡단보도 앞에서 좌회전 신호를 기다리지 않고 곧바로 유턴해 액셀을 밟았다. 길안내 표시가 자꾸 헷갈렸다. 화살표가 머릿속에서 갈팡질팡했다. 가족이 어떻게 해체됐는지, 그걸 나더러 무슨 수로 증명하란 거냐. 배달통 안에서 족발 세트가 발을 동동 구르는 소리가 들리는 것 같았다. 건물로 뛰어들어가 승강기 버튼을 누르고 배달 앱에 도착 버튼을 터치하려는 순간, 방금 주문 취소가 된 걸 알았다.

배달 사무실 냉장고에 족발 세트를 넣어뒀다 자정 넘어 털레털레 들고 집에 왔다. 배달 지연으로 취소된 주문은 라이더가 책임져야 한다. 현관문이 열리자마자 포장 봉투를 들어 보였다.

"오늘은 족발이네."

인경씨가 느릿느릿 소주잔을 꺼내왔다. 불어터진 쟁반국수는 그대로 쓰레기통에 처박혔다. 손이 느린 인경씨가 인터넷 쇼핑몰에서 주문받은 옷을 포장하는 모습이 희미한 소묘처럼 그려졌다.

하루아침에 그가 사라지고 가게 수입원도 함께 사라지자 인경씨가 다급하게 얻은 일자리는 인터넷 쇼핑몰이었다. 인경씨의 고등학교 동창이 운영하는 곳이었다. 인경씨는 옷더미 속에서 주문받은 상품을 찾아내 포장하고 주소가 찍힌 배송 스티커를 출력해 박스에 붙이는 일까지 해치워야 했다. 좁아터진 반지하 사무실에 종일 날리는 먼지 때문에 기관지염이 생겼다. 사회적 거리두기 2단계, 3단계를 오르락내리락하자 옷이 팔리지 않았다. 쇼핑몰은 내가 배달 알바를 시작한 지 얼마 안 돼 문을 닫았다. 절묘한 배턴터치였다. 인경씨는 구십 프로 땡처리 세일에도 팔리지 않은 티셔츠 수십 장을 퇴직금으로 가져왔다.

들쭉날쭉하긴 했지만 다행히 배달 알바는 생각보다 수익이 괜찮았다. 정부 재난지원금이 풀려 그나마 배달 식당들은 활기가 돌았다. 재난지원금으로 말하자면, 이야기가 길다. 애초 세대주만 신청할 자격이 있기 때문에 죽었는지 살았는지 모르는 그에게 인경씨와 나의 몫까지 지급됐다. 국가는 빌어먹을 전국의 세대주들과 업무협약이라도 맺은 걸까.

주민센터에 찾아가 자초지종을 설명했다. 국민을 반드시 가족 단위로 구할 필요가 있냐고. 구명조끼도 일인용 아닌가. 담당 공무원은 세대주를 변경할 수 있는 방법을 알려줬다.

"인터넷으로도 간단히 할 수 있습니다. 현재 세대주와 변경하실 분의 공인인증서만 있으면 됩니다."

그 사람의 공인인증서를 어디서 구하란 말인가. 세대주고 나발이고 진짜 개나 물어가라고 소리치고 싶었다. 그러고 싶다는 생각이 들자마자 맙소사, 진짜 입 밖으로 터져나오고 말았다.

"가족을 구하지 말고 저를 구해달라니까요!"

그날 이후 우리 동네 주민센터 공무원들은 날 상대하려 하지 않았다.

국가장학금 담당자에게도, 주민센터 공무원에게도 마치 국가

에 입양이라도 된 것처럼 당당하게 굴었던 걸 생각하면…… 말을
말자.

"난 맥주."

소주잔을 물리자 인경씨가 순순히 맥주 캔을 꺼내왔다. 인경씨
는 젓가락으로 족발을 뒤적여 콜라겐이 많은 부위를 골라먹었다.
저녁도 안 먹고 기다렸나.

"또 귤 먹고 밥 때운 거야?"

"밥 먹었어. 나 원래 족발 좋아해."

"하여간, 의리 없어."

인경씨는 내게 존댓말을 가르친 적이 없다. 어릴 적부터 옷과
장난감도 스스로 고르게 했다. 네 일이니까 네가 알아서. 타고난
평등주의자 같지만 실은 철저한 개인주의자인지도 몰랐다. 그런
면이 없었더라면 나는 여전히 인경씨에게 엄마라 했을 것이다. 엄
마를 인경씨라고 부르게 된 건 우리 둘만 살게 되면서부터였다.
엄마를 부르면 세트처럼 아빠가 떠올랐다.

"가풍에도 없는 의리 찾고 있다."

인경씨는 발톱에 붙은 쫀득한 살을 발라먹기 시작했다. 뒤통수를
대차게 맞아본 사람만이 가질 수 있는, 몸에 밴 담담한 태도였다.

"의료급여를 신청하면 구청에서 부양의무자를 찾아내 가족해
체 사유서를 보내라고 통보한다더라."

인경씨가 내민 서류엔 D시의 구청 사회복지과가 발신인으로

돼 있었다. 가족관계 해체 사유 및 소명 내용을 육하원칙에 의해 구체적으로 작성하라고 쓰여 있었다.

"돈은 다 어떻게 하고 병원비도 없는지……"

인경씨는 사회복지과 담당자와 통화해 그가 입원중이란 걸 알아냈다. 가진 돈을 탕진하고 병원비가 밀리자 의료급여를 신청했다는 것도. 구청 공무원은 부양의무자를 찾아내 부양을 기피하는 이유를 확인하려 했다. 국가는 드디어 이 애매하고 느슨한 가족관계를 말끔하게 정리할 것을 요구해왔다. 상황 파악은 끝났다. 인경씨도 더는 버틸 수 없다. 내가 이혼하고 서류를 정리하라고 할 때마다 인경씨는 '사실상 이혼' 입장을 고수해왔다. 서류상 결혼이 의미 없는 것처럼 서류상 이혼도 아무 의미 없다는 것이 그 이유였다. 어쨌든, 겉으로야 그랬다.

나는 맥주를 쭉 들이켰다.

"가족해체 사유서를 쓰려면 해체의 역사를 알아야 하잖아."

그의 일상은 담백했다. 흰살 생선이나 오트밀을 하루 세 번 어금니로 꼭꼭 씹어 삼키는 사람처럼. 새벽 알람이 울리면 조용히 일어나 토스트나 시리얼을 먹고 출근했고, 퇴근길엔 지하철역 근처 재래시장에 들러 식재료를 사왔다. 인경씨는 대부분의 생활용품은 인터넷으로 주문했지만 과일이나 야채는 재래시장에서만 샀다. 매일 아내에게서 온 문자를 확인하고 꼼꼼히 재료를 고르는 일을 그가 좋아했는지는 알 수 없다. 휴일엔 산책을 하거나, 낚싯

대를 챙겨 가까운 강이나 바다로 차를 몰았다. 주꾸미를 손질해 냉동실에 넣는 날도 있었고, 동죽이나 백합을 캐와 밤새 해감시키 기도 했다.

사라지기 삼 일 전 그는 부부 동반 모임에 참석했다. 그다음날 엔 아내와 다퉜다. 너무 사소해서 무엇 때문에 싸웠는지 인경씨는 기억조차 나지 않는다고 했다. 그는 아침에 일어나 평소처럼 출근 했지만 집으로 돌아오지 않았다. 마치 정해진 레일을 따라간 것처 럼. 오래전, 그 날짜에 그곳으로 레일이 연결됐던 것처럼.

인경씨는 밤새 그를 기다렸다. 나는 일 분 단위로 늙어가는 인 경씨를 지켜봤다. 입술이 마르고 수분이 빠져나간 얼굴이 푸석푸 석해지고 그 위로 눈물이 흘러 가까스로 표면을 적셨다. 그 하루 가 내겐 너무 길었다. 새벽에 잠을 깨 이십사 시간 넘게 잠들지 못 했기 때문이다.

인경씨는 출근 시간을 기다려 사무실로 전화했다. 놀랍게도, 그 는 출근해 있었다.

"만일 회사로 날 찾아오면 위자료를 주지 않을 생각이야. 무슨 일이 있어도."

인경씨는 직감했다. 지난밤 그는 다른 레일에 올라탔다는 것을. 그리고 그 레일이 언제부터 놓이기 시작했는지도.

신혼초였다. 휴일이었고 그는 늦잠을 자는 중이었다. 그의 휴대 폰이 울렸다. 인경씨는 받지 않았다. 곧이어 문자 수신 알람이 떴다. 이번엔 확인했다. '잘 잤어?' 예감이 좋지 않았다. 남편을 깨워 누구냐 물었다. 그는 제대로 대답하지 못했다.

사과나 변명 대신 그는 인경씨를 태우고 놀이공원으로 차를 몰았다. 어떻게든 아내를 빨리 웃게 만들고 싶어서였다. 무시무시한 속도로 달리는 롤러코스터를 타고 인경씨는 비명을 지르지 않았다. 웃지도 않았다. 물보라를 일으키며 보트가 커브의 정점에서 떨어져 내릴 때도 아무 표정이 없었다. 직원이 운행중 찍힌 사진을 사겠냐며 보여줬다. 거기 검은 터널 속에 유령처럼 앉아 있는 여자가 있었다.

아내를 얼빠지게 해놓고 롤러코스터 레일에 태우는 남자. 잘못을 고백하느니 처음부터 그런 일은 없던 것처럼 자기 자신을 속이는 남자. 상황을 모면하기 위해 다른 상황 속으로 뛰어드는 남자. 인경씨는 어쩌다 그런 남자와 사랑에 빠진 것일까.

그날 전화를 끊고 인경씨는 미친듯이 울었다. 미친 속도로 달리는 롤러코스터에 안전벨트도 없이 태워진 사람처럼.

인경씨가 소주를 쭉 들이켜고 탁 내려놨다.

"그 인간이 이혼서류를 등기우편으로 보냈을 때 내가 뭐랬게. 서류가 깨끗해지면 니가 나한테 한 짓이 깨끗해지니?"

인경씨는 그가 태운 롤러코스터에서 눈물 콧물 엉망진창 산발인 채로 내리길 거부했다. 그건 인경씨 자유였다. 원하지도 않았는데 마음대로 자유이용권을 끊은 사람은 그였다. 하지만 다음 순간,

나는 인경씨가 국가의 요구에 굴복하기로 했다는 것을 알았다.

"금융거래 조사 동의서도 써야 해. 금융거래를 하거나 서로 왕래해도 의료수급을 못 받는대. 혹시, 돈 받은 건 없지?"

인경씨의 결심은 오로지 우리가 가난하기 때문이었다. 그의 의료비를 댈 수 있는 상황이 아니니까.

"없어."

일 초도 고민하지 않고 대답했다. 그런데 가만, 생각해보니 그게 아니었다. 나는 그에게 위자료를 받은 적이 있었다.

그가 사라진 후 나는 아무 일도 일어나지 않은 것처럼 굴었다. 울지 않았고 공부도 게을리하지 않았다. 옅은 안개 같은 우울이 늘 따라다녔지만 들키지 않았다. 주민등록등본을 확인한 것은 중학교 3학년 때였다. 고등학교 배정을 위해 담임에게 제출해야 했다. 반듯이 펴서 교탁 위에 갖다놓으라 했다. 좋은 학군에 배정받기 위해 위장전입을 했는지 가려내는 게 목적이었다. 위장전입자는 버젓이 맨 윗줄에 적혀 있었다. 그가 우리와 살지 않은 지 이년이 지났지만 교육부는 그런 것은 신경쓰지 않았다.

그의 부재가 감춰진 주민등록등본은 묘하게 나를 안심시켰다. 결국 돌아올 수밖에 없다는 증명처럼 느껴졌다. 이제라도 현관문을 열고 들어와 거실에 벗어놓은 슬리퍼를 신을지 몰라. 아무리 생각해도 우리집이 아닌 다른 어딘가에 그가 존재한다는 건 말이 되지 않았다. 그건 천재지변이나 자연재해와도 같은 일이었다. 어쩌면, 지금쯤 집에 돌아오고 싶을지도 몰라.

법무사 사무실은 시내에 있었다. 사무장이 법무사님은 자리에 없다고 알려줬다. 손님용 소파에 앉아 기다리기로 했다. 맞은편에 사무장 책상이 있었다. 어딘가 빈틈없어 보이는 인상을 가진 여자 였다. 동그란 눈동자에 물기가 어려 있었다. 잔뜩 굳은 표정과 촉촉한 눈동자의 부조화가 시선을 끌었다. 서클렌즈를 낀 건가? 흘끔대다 그녀와 눈이 마주쳤다.

"법무사님은 출장 가셨어. 오늘 안 돌아오셔."

사무장이 냉장고에서 오렌지주스 캔을 꺼내와 봉투와 함께 내밀었다.

"받아. 법무사님이 주는 거야."

그녀가 입은 남색 카디건에 보풀이 일어나 있었다. 완벽한 차림에 유일한 빈틈처럼 보였다. 사무실에 걸어두고 입는 것 같았다. 왠지 그곳이 그녀의 집처럼 느껴졌다. 우리집엔 그가 보풀을 걸어둘 곳이 없었는지도 모른다. 잘 모르겠다. 실은, 그에 대해 아는 게 없었다. 봉투에는 삼십만원이 들어 있었다. 나는 봉투를 주머니에 넣었다. 인경씨 대신 위자료를 받는 기분이 들었다.

돌아오는 버스 안에서 그의 SNS에 들어가봤다. 새 게시물이 있으면 위치 검색을 할 수 있을지 몰랐다. 어쩐지 가까운 곳에서 날 보고 있을 것 같았다. 돌아오지 않는다는 사무장의 말은 거짓이라 믿고 싶었다. 새 게시물은 없었다. 생각해보니, 가출 후 그는 내

SNS에 '좋아요' 한 번 누르지 않았다.

아침 일찍 스쿠터를 타고 D시로 향했다. 가족해체 사유는 한 줄도 적지 못했다. 인경씨에겐 이혼하지 않을 이유가 많았다. 위자료를 주지 않겠다는 그의 말이 자존심을 건드렸을 수도 있다. 위자료를 받으면 이혼할 것 같아서, 이혼하면 위자료를 받을 것 같아서. 얼마든지 핑계를 댈 수 있었다. 그런 인경씨가 가족해체 이유를 알 리 없었다.

나도 마찬가지였다. 사무실로 찾아갔을 때 그를 만났더라면, 돌아오고 싶은 건 아닌지 물었더라면 무슨 말이라도 들었을 것이다. 어느 새벽 그는 거실에 슬리퍼를 벗어놓고 구두로 갈아 신은 다음 문밖으로 걸어나갔다. 그것으로 끝이었다. 인경씨도, 나도 이유를 몰랐다. 아무리 생각해도, 가족해체 사유서를 작성할 수 있는 사람은 그 사람뿐이었다.

D시는 멀지 않았지만 일은 하루 쉬어야 했다. 중간에 배달 사무실 사장에게 전화를 걸었다. 예상대로 화부터 냈다. 한 달 전 휴가를 내도 배달 밀리는 시간이면 수십 번 전화를 해대는데 당일 쉬겠다고 통보했으니 그럴 만도 했다.

"너 랭킹 점수 그렇게 관리하면 나도 책임 못 진다."

사장은 라이더 랭킹 삼십 위 안에는 들어야 콜을 잘 잡을 수 있다고 평소에도 닦달했다. 랭킹은 '좋아요' 별점 숫자로 매겨진다.

쉬는 날이 많으면 '좋아요'도 줄어드는 건 당연하다.

"아, 몰라요. 무조건 쉬어요."

사장이 난리치지 않아도 어차피 AI가 복수할 것이다.

"처음부터 여자애를 받아주는 게 아니었는데. 내 이럴 줄 알았다."

사장은 웅태 말만 믿고 끼워줬다고, 꼭 선심이라도 쓴 것처럼 말했다. 웃기시네. 어차피 헬멧 쓰면 얼굴도 없는데. 긴말 않고 전화를 끊었다.

D시에 그가 있다는 것은 이미 알고 있었다. SNS 계정을 엿보고 있었기 때문이다. 마지막 게시물은 일 년 전이었다. 낯선 거리에서 찍은 셀카가 올라와 있었다. 묘한 흥분에 휩싸여 있었고, 그걸 숨기고 싶어한다는 것도 알 수 있었다. 그런 건, 그냥 알 수 있다. 난 그와 닮은 표정을 가졌다. 위치를 검색했더니 D시 소읍이었다.

소읍엔 병원이 한 군데밖에 없었다. 일대가 텅 빈 사막처럼 보였다. 가까운 곳에도 먼 곳에도 사람 사는 집이 보이지 않았다. 식당이 몇 군데 있었지만 밤에만 문을 여는지 모두 닫혀 있었다. 녹물이 흘러내린 외벽을 방치하고 있는 관광호텔과 싸구려 모텔들, 그보다 더 많은 수의 전당사들이 카지노에 기대 영업하고 있었다. 잭팟의 풍문이 떠도는 이런 곳에 그는 어쩌다 발을 들여놓게 됐을까. 평지에서 벗어나 하늘로 솟구치고 싶어 롤러코스터 레일을 잡아탄 것일까.

주차장에 스쿠터를 세우고 병원 로비에서 원무과를 찾았다. 작은 병원이라 원무과가 따로 없었다. 간호사에게 그의 이름을 댔더니 따라오라고 했다. 그사이 메시지 도착 알람이 쉴새없이 울렸다. 콜에 응답이 없자 사장이 일 분 간격으로 톡을 보냈다.

육 인용 병실에 그 사람이 누워 있었다. 피부가 누렇게 떴고 입술은 검은빛이었다. 나는 병실로 걸어들어가지 못하고 밖에서 그를 봤다. 내가 알던 사람이 아니었다. 그와 나 사이에 시간이 끊어졌다는 것을 선명하게 느낄 수 있었다.

"혹시, 환자분 가족분 되시나요?"

웬 남자가 내 어깨를 움켜잡았다. 나는 반사적으로 남자의 손을 쳐냈다.

"아, 미안합니다. 구청 사회복지과에서 나왔습니다."

남자는 내 이름을 대면서 맞느냐고 했다. 나는 얼결에 그렇다고 했다. 순순히 대답하는 와중에 지금이라도 도망쳐야 한다는 걸 깨달았다. 왕래가 밝혀지면 의료수급이 거절된다던 인경씨 말이 떠올랐다.

"같이 가서 이야기 좀 나누시죠."

남자가 내 등을 은근히 떠밀었다. 남자에 떠밀리며 나는 침상에 누워 있는 그를 돌아봤다. 얼핏, 누런 안구가 휘둥그레 드러나는 것 같기도 했다.

남자가 날 데리고 간 곳은 구청 상담실이었다. 병원이 있는 사거리에서 멀지 않았다.

"어제 어머님이 전화를 주셨어요. 혹시나 하고 병원에 가봤더니 역시 와 계셨네요."

"……"

남자는 자판기에서 커피 두 잔을 뽑아와 건넸다. 안경 너머로 내 옷차림과 표정을 살피는 게 느껴졌다.

"아버님 병원비가 많이 밀렸어요. 자식 된 도리로 부양의 책임이 있지 않겠습니까?"

어이가 없었다. 병원비라니.

"가족이 해체된 것을 증명하라면서요."

"이렇게 만나시는 걸 확인했으니 해체됐다고 판단할 수는 없지 않겠습니까? 가족이 그렇게 쉽게 해체되는 것도 아니고요."

뭔가 잘못됐다.

"우린 왕래하지 않아요."

"무슨 소립니까. 여기 지금 와 계시잖아요. 편찮으신 아버님을 보러 오신 거 아닙니까?"

우리 가족은 굳이 말하자면, 해체 직전이었다. 해체 사유서를 쓰기 위해 여기 왔으니까. 하지만 그렇게 말할 수는 없었다. 이상하게 들릴 게 뻔했다.

"우리 가족은 해체됐어요. 틀림없어요."

"제 경험에 비춰 봤을 때는, 그런 경우 이렇게 직접 오시는 경우는 드뭅니다. 보통, 동봉해드린 사유서만 보내시거든요."

장학금 담당자와 주민센터 공무원들과 나눴던 대화를 이번엔 구청 사회복지과 직원과 하고 있었다. 사연은 알겠지만 사실은 모르겠다는 지루하고 답답한 대화였다.

"해체됐다니까요."

"말씀하신 게 사실이라면, 어차피 사유서는 쓰실 거 아닙니까?"

"그걸 몰라서, 사유를 물어보려고……"

"예?"

가슴이 갑갑하고 머리가 터질 것 같았다.

"글쎄, 우리는 '좋아요'도 누르지 않는 사이라니까요!"

남자가 황당한 얼굴로 날 봤다.

스쿠터를 찾으러 병원으로 돌아갔다. 사회복지과 공무원은 의료수급을 거절할지 몰랐다. 그가 병원에서 내쫓기면 순전히 내 탓이었다. 여기까지 오지 말았어야 했다. 국가의 요구를 순순히 따랐으면 이렇게 되지 않았을 텐데. 그들은 내게 복수할 것이다.

무거운 마음으로 병실로 올라갔다. 어차피 이렇게 된 거, 그냥 돌아갈 순 없었다. 반드시 들어야 할 말이 있었다. 병실은 고요했다. 점심을 먹고 모두 낮잠에 빠진 것 같았다. 출입문 가까이에 그의 침상이 있었다. 숨을 내쉴 때마다 환자에게서 풍기는 특유의 고린내가 진동했다. 곁에는 보호자용 의자 하나 없었다. 찾아오는 사람이 없는 모양이었다.

　침상과 침상 사이에 쭈그려앉아 내 SNS 페이지를 뒤지기 시작했다. 그는 정말 '좋아요'를 누른 적 없는 걸까. 집을 나가기 전엔 늘 첫번째로 '좋아요'를 눌러줬다. 그렇게 오랫동안 날 외면할 리 없다. 흔적을 남기지 않고 엿봤을 것이다. 나처럼. 어떤 날은 예뻐서, 보고파서, 후회가 돼서, 한 번쯤은 '좋아요'를 누르지 않았을까. 그 간단한 터치를 외면했을 리 없다.

　마지막 새벽, 인기척에 부스스 눈을 떴다. 창이 희뿌옇게 밝아오고 있었다. 침대 머리맡에 검은 그림자가 보였다. 깜짝 놀라 벌떡 일어나 앉았다. 아빠였다. 그림자에서 손바닥이 길게 뻗어나왔다. 달래듯 내 뺨을 쓰다듬었다. 살갗에 양달이 드리우는 것 같았다. 아빠가 거실로 나가자 나는 양달을 쫓아갔다. 아빠는 현관문 앞에서 슬리퍼를 벗더니 뒤돌아 날 꼭 껴안았다. 그러곤 갈색 구두로 갈아 신고 밖으로 나갔다. 벗어두고 간 그림자처럼 슬리퍼가 남았다.

　그 손길로 어떻게 '좋아요'를 누르지 않을 수 있을까. 나는 집요하게 '좋아요'를 찾아 SNS를 뒤지기 시작했다. 예전에 갖고 있던 계정부터 최근에 만든 것까지 게시물을 꼼꼼히 훑어내려갔다. 대부분의 '좋아요'는 웅태와 다른 애들이 눌렀다. 인경씨가 누른 것도 있었다. 하지만 그의 '좋아요'는 보이지 않았다. 딱 하나만 있어도 나는 그에게 우리 가족은 해체되지 않았다고, 곁을 지키겠다고 나설 수 있을 것 같았다. 제발 하나만, 하나만 있다면.

"좋아요……"

가래 끓는 소리가 들렸다. 그였다. 입구 쪽에서 간호사가 다가오고 있었다. 간호사가 뭐라 묻기도 전에 그가 좋다고 말하고 있었다.

"좋아요, 좋아요……"

놀랍게도, 앙상한 팔이 침상에서 내 쪽으로 뻗어나와 천천히 흔들리고 있었다.

"환자분, 불편한 데는 없으세요?"

"좋아요, 좋아요……"

"보호자분과는 아직 연락이 안 닿으셨어요?"

"좋아요, 좋아요……"

간호사 말에 그는 무조건 같은 말만 반복했다. 그러면서 손바닥을 활짝 열고 쉼없이 내저었다. 어서, 어서 달아나라는 듯이.

나는 홀린 듯 그 자리를 벗어났다. 아무 상관 없는 사람처럼 슬그머니 자리에서 일어나 병실을 빠져나왔다.

스쿠터에 올라타자마자 눈물이 쏟아졌다. 헬멧을 쓰고 액셀을 밟았다. 휴대폰이 발작적으로 울렸다. 배달 앱에서 '좋아요' 별이 새까맣게 쏟아지는 소리였다.

기부
왕

세상엔 내가 모르는 꿀이 많겠지만, 웨이터 보조를 빨 만한 꿀이라고 해야 할진 아직 모르겠다. 그야 단내만 맡아보면 안다느니, 충고를 해준답시고 건들대는 것들은 쓰레기들뿐이었으니 믿을 건 없고. 저기 맨 앞에 가는, 'WT 유제석'이 적힌 깃발을 달고 자전거 페달을 빡세게 밟고 있는 치가 명함을 줄 때만 해도 나는 알바나 하러 창새기를 따라 P역 근처를 어슬렁거리던 참이었다.

"내가 달고 들어가도 되지만 너도 떳떳하게 시작하고 싶을 테니까."

지하철 계단을 올라가며 창새기가 선심 쓰듯 말했다.

창새기가 창석이가 아닌 것은 내가 동범이가 아니라 똥범인 것과 마찬가지 이치다. 키를 보나, 스타일을 보나 창새기가 나를

'똥' 자나 붙여 말할 입장은 아니다. 하지만 저는 저대로, 창세기와 한끗 차이로 창새기가 되신 몸이라 냄새나는 똥범이와는 급이 다르다고 나불대고 다닌다. 그러거나 말거나.

고딩 시절 셔틀버스를 타고 오갔던 P역 인근은 대형 학원들로 빼곡했다. 볼펜 한 자루와 문제집 한 권뿐인 헐렁한 배낭을 메고 바람 빠진 풍선마냥 떠밀려 다니던 시절엔 불과 몇 블록 거리에 이런 데가 있는 줄 몰랐다.

희미한 술냄새를 풍기며 아저씨 넷이 지났다. 한때는 크라잉넛처럼 붙어다녔지만 지금은 구두 매장이나 공인중개사 사무실, 보험회사나 신용정보회사 같은 데 흩어져 일하다 모처럼 만난 것인지도 모른다. 일차를 접기엔 아직 이른 시간인데 이런 데서 어슬렁거리는 걸 보면 오랜만에 밴드 합주나 하자고 모인 건 아닌 것 같고.

"조명발을 잘 받아야 되거든. 여기서 대충 이렇게 흔들고 서 있어."

녀석은 휴대폰 매장 앞에 날 끌어다놓고 멀찌감치 떨어져 가끔 이쪽을 흘긋댔다. 난 가방 안에서 헤드폰을 꺼내 썼다. 블루투스 이어폰이 아닌 게 마음에 걸렸지만 어쩔 수 없는 건 어쩔 수 없는 거다.

컬이 말린 머리카락을 어깨 길이로 늘어뜨린 여자가 내 앞을 지났다. 앞머리가 정교한 건축물처럼 눈썹 위에서 아치를 그렸다.

입술 선과 눈썹 역시 터무니없이 정교했다. 가방은 한눈에도 짝퉁. 여자가 슬쩍 나를 곁눈질했다. 몇 겹의 종이로 싸여 있는 것 같은 피부였다. 한 겹 한 겹 촉촉한 크루아상이면 좋았겠지만, 아쉽게도 그 반대였다. 손만 대도 바스러질 것처럼 건조해 보였다. 여자는 날 지나친 후에도 고개를 돌려 보기까지 했다. 모퉁이를 돌아 사라진 뒤에도 구불구불한 머리카락이 촉수처럼 뻗어나와 내 몸 어딘가에 쿡 박힐 것만 같았다.

"저기, 푸싱 알바 생각 없으신가여?"

빨간 연미복에 '메이트 클럽'이라 적힌 어깨띠를 가로질러 맨 남자였다. 잇새로 소리가 새는 건지, 일부러 흘려 말하는 건지 희한하게 끝소리가 흐지부지했다. 나는 헤드폰을 벗었다. 어차피 음악은 틀지도 않았다.

"푸싱이요, 푸싱. 들어본 적 없으신가? 클럽에서 손님처럼 놀기만 해주시면 택시비를 드려요."

마지막 '드려요'는 귓바퀴에 슬쩍 내려놓는 느낌이었다.

푸싱도 스카우트 당해야 할 수 있다더니, 내가 설마 길거리 캐스팅 당할 줄이야. 상대가 연예기획사 실장이 아니라 웨이터라는 점이 달랐지만, 나도 어디까지나 푸싱 알바를 하러 온 것이기 때문에 조금도 서운하지 않았다.

내가 남자를 따라갈 낌새를 보이자 근처에 있던 창새기가 눈을 찡긋하더니 뒤따라왔다.

"거봐. 내가 너 될 거라고 했지? 축하한다!"

녀석은 내 어깨에 손을 척 얹었다. 하는 사람이나 받는 사람이나 쑥스러운 축하였다.

남자가 준 명함에는 'WT 유제석'이라고 적혀 있었다. 창새기나 유제석이나, 확실히 한끗 아쉬운 이름이었다.

테이블을 잡는 즉시 나는 스테이지로 나가 최선을 다해 놀아줬다. 주는 술 먹고 돈 받아 논다는데 신나지 않을 수 없었다. 창새기는 이런 나를 흐뭇하게 바라보며 담배를 빨았다. 새끼, 정신 줄 빠져갖곤 흐흐……

새벽 두시쯤 유제석이 테이블로 와서 나와 창새기에게 삼만원씩 나눠줬다. 창새기가 어깨를 툭 치며 눈을 찡긋했다.

"다 이 형님 덕분인 줄이나 알아라."

내가 거리에서 쪽팔림을 감수하고 스테이지에 몸을 내던질 동안 놈은 손 하나 까딱하지 않고 실실 따라붙어서 돈까지 챙겼다. 그런 주제에 생색은.

"다음에도 생각 있으면 미리 전화해서 예약하시면 되시구여."

그래서 시작한 푸싱 알바를 날이면 날마다 가다보니 자연히 유제석과 면을 익히게 됐다.

"이런 데 너무 자주 오시는 거 아녀? 우리야 나쁠 건 없지마는……"

유제석은 내가 등록금 벌기 위해 낮에는 알바 뛰고 밤이면 푸싱

다니는 대학생인 줄 알다 얼마 안 가 눈치를 깠다. 우선, 옷이 너무 눈에 띄었다. 몇 번만 빨아도 후줄근해지는 옷을 창새기와 돌려 입으니 금세 너덜너덜해졌다. 옷발이 서지 않으니 자신감이 떨어졌다. 일단 자신감이 떨어지면 청바지를 빳빳하게 다려도 소용없었다. 여자들은 귀신같이 알아봤다. 서울에 있는 대학에 진학할 실력은 안 되고 지방대에 갈 경제력은 안 되는 종자라는 걸. 재수생이라고 암만 우겨봐도 코웃음쳤다. 나는 허벅지를 잔뜩 오므렸다. 청바지 솔기에서 내 이력이 솔솔 풀려나올 것만 같았다.

아버지와 둘이 살던 집에서 나온 것은 일 년 전이었다. 나가 살겠다고 했을 때 아버지는 말이 없었다. 아마 나를 세상에 기부하는 심정이었을지 모른다.

아버지는 구청 앞 법무사 사무실에서 사무장으로 일했다. 말이 사무장이지 법무사와는 별도로 의뢰인에게 법률 상담을 했다. 개인파산이 전문분야였지만 총기류나 이혼소송도 가리지 않았다. 법무사는 자신의 이름을 내건 사무실에 책상을 내준 대가로 아버지가 받는 수임료 절반을 가져갔다.

아버지는 삼 년에 한 번꼴로 사무실을 옮겼다. 언제나 법무사가 먼저 보따리를 쌌다. 의뢰인들은 법무사의 책상에서 상담을 시작했지만 아버지의 책상에서 계약서를 썼다. 법무사는 법리적인 해석에 몰두했지만 아버지는 뭐든 대수롭지 않게 말했기 때문이다.

게다가 수임료도 법무사의 3분의 1 수준이었다. 법무사가 보따리를 싸면 아버지도 하는 수 없이 보따리를 쌌다. '사무장 전문 상담'이라는 간판을 내걸 수는 없는 노릇이었다.

아버지 인생의 정점은 법대에 막 입학했을 때였다. 동기들이 차례로 검사와 변호사, 판사가 될 때까지 아버지는 고시에 패스하지 못했다. 법무사 시험을 봤지만 일차에도 합격하지 못했다. 그때마다 기대치를 낮췄고, 그에 맞게 쪼그라들었다.

아버지의 정점을 보았다는 게 엄마의 약점이었다. 두 사람은 대입 고사장에서 만났다. 아버지가 우연히 엄마의 자리에 잘못 앉았고, 둘은 입학식에서 다시 만났다. 이번엔 엄마가 아버지의 자리에 잘못 앉았다. 엄마 자리는 법대와는 한참 떨어져 있었다.

시험에 번번이 떨어지자 아버지는 엄마를 돌아보지 않게 됐다. 엄마와 눈이 마주치면 자신이 얼마나 쪼그라들었는지 꼼짝없이 깨닫게 되기 때문이었다. 결혼 후엔 돈을 꽉 쥐고 자신을 부풀렸다. 복어나 두꺼비가 자신의 몸을 부풀려 상대를 위협하듯이.

"저기요…… 생활비가 떨어졌어요."

한 달에 한 번, 엄마는 식탁 앞에서 아버지에게 말했다. 입 밖으로 간신히 내놓고 침묵을 견뎠다. 엄마는 결혼과 동시에 날 낳고 그 이후론 전업주부로 살았다. 선천적으로 몸이 약해 쉽게 지치고 피로해졌다. 직장생활은 무리였다.

오 분 후 아버지는 의자에서 더디게 일어나 서류 가방을 가져왔다. 가방을 식탁 위에 올려놓고 손을 깊숙이 넣어 돈봉투를 꺼냈다. 오 분 동안 엄마가 견뎌야 하는 게 무엇인지 아버지는 잘 알고 있었다. 오 분은 굴욕감이 뼛속까지 스미는 데 충분한 시간이었다. 한 달이 한 달 반이 되고, 두 달이 될 때도 있었다. 엄마가 말을 하지 않으면 아버지는 봉투를 꺼내지 않았다. 아버지는 그 오 분을 위해 미리 은행에 가서 돈을 찾아 가방에 넣어두고 참을성 있게 기다렸다.

엄마가 죽은 것은 뜻밖의 일이었다. 뜻밖에 개의 꼬리가 잘리고, 뜻밖에 우산살이 부러지듯, 마음의 준비가 무의미한 어떤 사건처럼 문득 일어났다. 적어도 아버지와 나에게는 그랬다. 엄마 자신한테는 그렇지 않았다. 엄마는 오랜 기간 남몰래 병원에 다녔다. 폐암이었다. 아버지가 지갑을 움켜쥐었듯 엄마는 비밀을 움켜쥐었다. 엄마가 응급실에 실려가서야 아버지와 나는 그 사실을 알았다. 아버지는 쥐고 있던 것을 몽땅 털린 얼굴이었다.

폭설로 재래시장 지붕이 무너지자 아버지는 도망치는 사람처럼 통장을 들고 구청을 향해 뛰었다. 이후에도 돈이 생기면 꼬박꼬박 구청으로 갔다. 돈을 쥐면 불안한 사람처럼 보였다. 불안한 아버지를 지켜보는 일은, 한마디로 아찔했다. 공중에서 외발자전거를 타는 곡예사를 보는 심정이었다. 시장 사람 누구나 아버지를 보면 고개를 숙였다. 아버지를 아는 법무사들은 열등감 때문이라고 비웃었다.

기부를 한다는 점을 제외하고 아버지는 달라진 게 없었다. 여전히 인색했다. 아들인 나에게는 더욱 그랬다. 되돌리기엔 쑥스러웠을 수도 있고, 이미 늦었다고 여겼는지도 몰랐다. 아들의 졸업식에도 오지 않았다. 교문 앞에서 꽃다발을 파는 노파가 아버지의 아들인 것을 알아보고 팔다 남은 꽃을 줬다. 프리지어가 몇 송이 남지 않은 꽃다발이었다. 초라한 꽃향기가 끼쳐왔다. 꽃을 받을 때마다 초라한 느낌이 들 것 같았다. 내 장례식장에서야 어쩔 수 없겠지만 결혼식 때도 초라해지고 싶지는 않았다. 아버지의 외발자전거에서 그만 내려야겠다는 생각이 들었다. 그해 아버지는 삼 년 연속, 구청에서 뽑은 기부 왕으로 선정됐다.

집을 나와 다시 돌아가지 않는 법을 아는 놈은 창새기뿐이었다. 나는 창새기의 여섯번째 룸메이트로 입주했다. 이십이 평짜리 연립에 가벽을 세워 만든 방 어딘가에 다섯 명의 룸메가 살고 있었다. 룸메로 들어간 첫날, 쭈뼛쭈뼛 현관문을 닫는데 문 안쪽에 붙은 종이가 떨어졌다. 주워 붙이고 보니 '인사 사절'이라 적혀 있었다. '인사 사절' 아래는 통장 계좌번호가 가지런했다.

"여긴 월세 밀리고 말고 할 게 없어. 생활비 못 내면 깨끗이 나가면 돼. 룸메라는 게 생활비를 칼같이 끊어내야 탈이 없는 법이다."

창새기는 벗은 신발을 문 쪽을 향해 돌려놓았다. 녀석은 화요일의 걸레질 담당이었다. 나는 수요일의 재활용 쓰레기 분리 담당으로 정해졌다. 공용으로 쓰는 생필품 구입과 공과금은 연립 주인이 알아서 한다고 했다.

처음엔 편의점 알바를 뛰며 어떻게든 재수 학원비와 생활비를 벌려고 했다. 알바 하나로는 충분치 않아 새벽엔 택배 배달도 했다. 얼마 안 가 체력이 바닥났다. 학원은 지각하기 일쑤였다. 집주인에게 송금할 생활비가 부족하자 나는 별 고민 없이 재수 학원을 그만뒀다.

"사람이 그래도 미래가 있어야지."

창새기가 내놓은 나의 미래란 게 푸싱 알바였다.

피차 다를 것 없는 처지란 생각에 야금야금 신상명세를 터놓고 지내던 중, 어느 날은 유제석이 웨이터 보조를 해보지 않겠느냐고 했다.

"주임은 경력이 좀 있어야 하고, 첨엔 보조를 하셔야 할 텐데…… 그냥 쉽게 말해서 보조는 맥줏집 알바라고 생각하시면 비슷해여. 요령껏 팁 쪼시고 맥주 시키면 살살 양주 주문 받아내시고…… 한 이백 정도 되려나? 확실히 모으겠단 마음만 있으면 택시비 좀 아끼고, 밥값도 아껴서 백오십 정도는 모을 수 있을 거라…… 음…… 그 정도는 충분히…… 단물만 다셔보면 아실 거예여. 무전기 하나 달고 오늘이라도 보조 하세여."

이왕 보조를 하려면 잘나가는 톱 웨이터의 보조를 하면 좋았으련만, 창새기와 나는 유제석의 명함을 들고 클럽에 발을 들여놓았다는 연줄 아닌 연줄 때문에 유제석에게 낙점되었다. 잘만 하면 하루 몇십만원도 만질 수 있다는 유제석의 말과는 달리, 평일엔 만원도 벌지 못하는 날이 많았다. 알고 보니, 유제석에게서 받은 푸싱비도 가게에서 지원받는 이만원에 자기 돈 만원을 빼킹해 준 것이라 했다. 당연히, 네온사인이 달린 탑차를 빌리거나 도로변에 펄럭이는 바람 인형을 세워놓을 형편이 아니었다. 그래서, 지금 나는 자전거 뒤꽁무니에 '절대'라는 글자를 매달고 한낮의 거리를 가로지르는 중이다. 내 앞에는 유제석이 'WT 유제석'을, 내 뒤에는 창새기가 '부킹'을 휘날리며 달리고 있다. WT 유제석, 절대, 부킹.

"야! 부킹이 앞으로 오면 어뜨케! '절대 부킹'이 반대로 '부킹 절대'가 되잖아! 똑바로 못해!"

유제석이 목에 핏대를 세웠다. 어째서 '절대 부킹'의 반대말이 '부킹 절대'가 된다는 것인지 모르겠지만, 힘껏 페달을 밟았다. 다리에 힘이 빠져 자꾸 뒤로 처졌다. 영업을 끝내고 마무리 미팅까지 하고 난 후 잠깐 눈 붙이고 이 짓을 하려니 힘든 건 다 마찬가지다. 창새기가 눈치 빠르게 내 뒤로 빠졌다.

창새기와 난 같은 날 무전기 하나씩을 받았다. 빨간 연미복에 어깨띠까지 똑같이 둘렀지만 창새기는 어딘가 모르게 나와는 달랐다. 여자애들은 창새기에게만 못 이기는 척 손목을 잡혔다. 중딩 시절부터 놈은 친구들 사이에선 기분 나쁜 놈으로 통했다. 오른눈 흰자위에 작은 검은자위가 하나 더 있었는데, 점이었다. 정면에서는 보이지 않았지만 눈을 부라리거나 희번덕거리면 도드라졌다. 바로 그 점 때문에 여자들은 쉽게 빠져들었다. 여자와 있을 땐 흰자위의 점을 들키지 않으려고 상대만 지그시 바라봤기 때문이다. 놈은 그때만 해도 세상의 꿀이란 꿀은 다 제 것인 줄 알았을 것이다. 언젠가부터 연예기획사 주변을 전전하더니 십대 시절을 통째로 오디션에 바쳤다. 그러느라고 부모하고 사이가 벌어져 급기야 가출을 해버렸다.

그녀는 창새기가 아니라 날 찾아왔다. 유제석의 홍보 명함을 돌리러 오후 세시쯤 지하철역 주변에 나가면 출근하는 여자를 볼 수 있었다. 그 여자였다. 휴대폰 매장 앞에서 내게 머리칼을 꽂던 여자. 눈썹에서 입술, 앞머리까지, 정교하지만 어딘가 아슬아슬해 보였다. 호기심에 뒤따라가본 적이 있었다. 여자는 양념닭발집으로 들어가더니 홀 안쪽에서 주황색 앞치마를 두르고 나왔다. 언젠가 비 오는 날 창새기와 들렀던 곳이었다. 연탄불에 닭발을 구우며 초저녁부터 야구 중계를 봤다. 여자는 기억에 없었다. 눈여겨보지 않았을 수도 있고, 헤어스타일이 지금과 달랐던 건지도 모른다. 닭발집으로 오기 전 여자가 헤어 세팅기로 공들여 머리카락을 마는 상상을 하니 왠지 애틋했다. 나는 가게 안으로 들어가 유제석의 명함을 내밀었다.

자정 넘어 여자가 왔다. 주변을 두리번거리더니 스테이지 옆에 어색하게 자리를 잡고 앉았다. 혼자선 쉽게 못 오는 곳이 클럽이다. 혼자 온 여자는 함부로 손목을 끌어선 안 된다고 교육 시간에 유제석이 몇 번이나 주의를 줬다. 꽃뱀이나 선수일 가능성이 높다고 했다. 그렇다고 그대로 놔두자니 왠지 미안했다. 맥주 기본을 가져가 테이블 위에 놓았다. 부킹을 시켜야 할지 말아야 할지 망설이는데 여자가 먼저 말을 걸었다.

"안녕하세요?"

만나는 동안 여자는 밥도 샀고 디저트 카페에 가서 케이크값도 냈다. 영화표도 샀고 모텔비도 냈다. 여자가 잘해줄수록 나는 불편했다.

어느 날은 여자가 울었다. 모텔에서였다.

"왜 남자들은 하나같이 내게 진저리를 치며 떠날까?"

나는 헤어스타일을 바꾸는 게 어떻겠냐고 했다. 기부 같은 건 집어치우라고 하면 저녁은 내가 사야 할지 몰랐다. 여자가 빤히 나를 쳐다봤다. 정교한 입술이 보채는 것 같았다. 여자의 입술을 빨며 생각했다. 어쩌면, 여자의 기부는 선불 입금 같은 게 아닐까. 언젠가 진짜 사귀어야 할지도 모른다. 여자와 쌍으로 있게 되면 내 역할은 분명했다. 기부를 받는 쪽이었다. 기부 왕과 한 쌍이 되는 건 아버지로 족했다.

갈림길이다. 도로를 가운데 두고 사무실, 식당, 커피 전문점 들이 들어서 있는 상업지구와 호수공원으로 이어지는 공원 길로 갈렸다. 우리는 상업지구 쪽으로 방향을 틀 계획이었다. 거리는 휑했다. 회사원들은 사무실에 박혀 도시락만 까는 모양이었다. 점심시간에 홍보할 목적으로 일부러 나온 건데 모두 약속이나 한 듯 테이크아웃 잔을 들고 도로를 가로질러 공원 쪽으로 갔다. 그러고 보니, 예술제가 오늘부터였다. 어젠 피에로가 나와 일대를 들뜨게 했다.

어제도 오늘과 다르지 않았다. 편의점 앞만 뱅뱅 돌았을 뿐이다. 유리문 안쪽에서 컵라면 국물에 즉석밥을 말던 남자가 물끄러미 우리를 바라봤다. 남자가 국물을 말끔히 비우고 나무젓가락을 부러뜨렸다. 남자가 나가자 편의점도 텅 비었다. 할 수 없다는 듯 유제석이 다른 쪽으로 방향을 틀었다. 쇼핑 타운 근처를 지나는데 사람들이 삼삼오오 모여드는 게 보였다. 공중으로 색색의 공이 솟아올랐다. 피에로였다. 피에로 둘이 외발자전거를 타며 저글링을 하고 있었다. 전방엔 예술제 개막을 알리는 플래카드가 나부꼈다. 일단 사람들이 모여들기 시작하자 순식간이었다. 군중에게 둘러싸인 피에로는 흰 공과 푸른 공을 상쾌하게 쏘아올렸다.

"꽃이 지린내라도 피워야 파리라도 꼬여드는 법인데 말이지……"

유제석은 우르르 몰려든 인파에 깊은 인상을 받은 것 같았다. 영업이 끝나고 마무리 미팅 때 특별 교육까지 했다.

"헌신적인 서비스 마인드와 철저한 홍보 계획, 쓰러지기 직전까지 뛸 수 있는 강한 정신력, 철저한 자기 관리가 가능해야지만 이, 어차피 하는 웨이터 빨리 때려치울 수 있다, 이 말이지. 내일부터는 각자 개인기를 연구해온다. 알아먹었습니까?"

유제석은 특별히 창새기를 보며 말했다. 누가 봐도 나보다는 창새기 쪽이 가능성이 있어 보였다. 하지만 재주가 있다 해도 이런 데다 끼를 부릴 창새기가 아니다. 창새기가 코웃음을 치자 유제석이 내 쪽을 봤다. 나로 말하자면 뭐, 말하나 마나. 하룻밤 사이에 없는 재주가 생길 리 없다.

오르막길을 혀를 빼물고 겨우 벗어나려는 참이었다. 유제석이 불쑥 공원 입구 쪽으로 핸들을 꺾었다. '절대' '부킹' 깃발을 축 늘어뜨린 채 우리는 멍하니 'WT 유제석'이 쌩 내려가는 걸 지켜봤다. 유제석이 내리막길 끝에서 손짓했다. 공원에 사람이 많으니 그쪽으로 가잔 뜻인 것 같았다. 우리는 느릿느릿 자전거 방향을 틀어 공원길을 내려갔다. 'WT 유제석'이 저만치서 휘달렸다.

푸싱 알바비 일부를 제 돈으로 땜빵해야 할 만큼 인기 없는 유제석이 보조를 두 명이나 둔 것은 필생의 역습이 필요했기 때문이다. 웨이터는 손님 테이블 수와 매출에 따라 돈을 번다. 보조에게 줄 월급 떼고 홍보비 떼고 이것저것 제하고 나면 유제석은 보조만큼의 돈도 벌지 못할 거라고 창새기가 귀띔해줬다.

공원에 들어서자마자 사람들이 둘러서서 원을 그린 곳이 눈에 들어왔다. 유제석이 회심의 미소를 지었다. 우리는 차례로 자전거를 세우고 사람들 사이를 비집고 안쪽을 기웃댔다. 검은 쫄쫄이를 입은 사람 열댓 명이 시계 소리에 맞춰 줄줄이 뛰다가 드러누워 뭔가 벌컥벌컥 들이켜는 시늉을 했다. 쫄쫄이들 한가운데, 검은 갓에 검은 도포에 저승사자 차림을 한 사람은 청승맞은 곡조로 아쟁을 탔다. 마임은 틀림없이 마임인 것 같은데, 도무지 무슨 의미인지 이해할 수 없었다. 관객들은 옆 사람과 귓속말을 하거나 커피를 홀짝이면서 공연에 몰두했다.

"행위예술이네. 이런 건 자리잡고 느긋하게 봐야 하는데 말야. 안 그냐?"

한가하게 관객 노릇을 하는 창새기와는 달리, 유제석은 무슨 생각이 들었는지 세워뒀던 자전거에 올라탔다. 그러곤 다짜고짜 공연장을 향해 돌진하는 게 아닌가. 영문을 몰랐지만 '부킹'과 '절대'도 따르지 않을 수 없었다.

유제석과 창새기의 자전거가 저승사자와 쫄쫄이들 사이를 기세 좋게 뚫고 갔다. 느닷없이 돌진해오는 자전거를 피해 관객들이 갈팡질팡 흩어졌다. 공연장은 아수라장이 됐다. 배우들도 연기하는 것을 잊고 어리벙벙해했다. 당황한 건 나도 마찬가지였다. 유제석과 창새기를 따라붙으려 급히 페달을 밟다 그만 발을 헛디뎠다. 그사이 관객들이 후다닥 원을 복구하는 바람에 젠장, 갇히고 말았다. 때마침 역풍이 불어와 자전거 꽁무니에 매단 깃발이 펄럭였다. 노란색과 검은색 깃발이 '절'에 한 대, '대'에 한 대, 차례로 뒤통수를 쳤다.

언덕배기를 올라가는 창새기의 뒷모습도 나와 다르지 않았다. 땅을 향해 고개를 처박고 쥐구멍을 향해 돌진하는 꼴이었다. 유제석은 벌써 언덕 위에 올라 정자 옆에 자전거를 세웠다. 내 꼴이 빤히 내려다보이겠지만 구하러 올 것 같진 않았다. 손아귀에 땀이 뱄다. 등을 잔뜩 웅크리고 어떻게든 다시 페달을 밟으려 했지만 마음과는 달리 자꾸 발이 미끄러졌다. 어디선가 킥킥 웃는 소리가 들렸다. 출구 없는 원은 한층 더 두터워졌다. 핸들을 움켜쥔 손이 달달 떨렸다. 뜻밖에 박수가 쏟아졌다. 난데없이 등장한 피에로인 셈 치는 걸까. 공연을 재촉하는 소리 같기도 했다. 검은색 쫄쫄이들이 시침 뚝 떼고 행을 맞춰 뛰기 시작했다. 극이 재개되자 관객들이 원 한쪽을 열었다. 나는 허둥지둥 퇴장했다.

언덕에 올라 가쁜 숨을 몰아쉬었다. 유제석이 다가와 득의양양하게 말했다.

"일종의 노이즈 마케팅이라고 알아두면 된다. 약간 물의를 일으켰지만 그 덕에 거기 있던 사람들 중에 유제석을 모르는 사람은 없을 거다, 이 말이지."

박수까지 받았으니 어쨌든 이목은 끈 셈인가? 그래도 두 번 다시 그런 꼴은 당하고 싶지 않았다.

"우리한테 미리 말이라도 했어야죠. 남의 공연을 망치면 어떡합니까!"

창새기가 눈을 부릅떴다. 세 개의 검은자위가 또렷이 드러났다. 나는 창새기의 옆구리를 쿡 찔렀다. 요 며칠 유제석이 묻지도 않고 우리 방에 빈대 붙어도 우린 그저 눈치만 보는 중이었다. 보조 둘 월급을 주느라고 월세방을 뺐다는 소리를 들었기 때문이다.

"저짝에서 헛바퀴나 돌려봤자 누가 우리 같은 거 쳐다나 봐주냐!"

유제석이 퉁퉁 부은 제 발목을 가리키며 버럭 소리질렀다. 창새기도 나도 딱히 할말이 없었다. 다행히, 유제석도 더는 대거리하지 않고 정자에 올라 다음 희생양을 물색하기 시작했다. 뒤늦게 분했는지 창새기가 유제석의 뒤통수에 대고 주먹감자를 날렸다.

유제석의 다음 목표는 정장에 넥타이까지 맨 배우들이 쇠파이프를 들고 갖가지 모양과 글자를 만들어내는 공연이었다. 유제석이 의미심장한 눈빛으로 '절대'와 '부킹'을 차례로 돌아봤다. 그러곤 단숨에 공연장으로 뛰어들었다. 난 눈을 질끈 감았다. 바람이 머리칼을 팽팽히 잡아당기는 게 또렷이 느껴졌다.

관객들은 우리를 피해 조용히 원을 열었다 닫았다. 몇 개의 파이프로 산을 올렸다 물을 흘렸다 오만 가지 삼라만상을 표현하는 퍼포먼스 한가운데 자전거 세 대가 뛰어들었으니 소란이 없을 수 없었다. 지붕을 올리던 배우 하나가 파이프를 놓쳤다. 아무도 웃거나 소리지르지 않았다. 자전거를 원 안에 가둬두지도 않았다.

관객들은 작은 동요도 없이 공연에 몰입했다. 약속이나 한 듯 얼간이 웨이터 세 명을 무시하는 편을 택한 것 같았다. 우리는 공연장을 태연하게 가로질렀다.

예술제가 벌어지는 공원에는 꽃이 만발, 볕도 쨍했다. 유제석이 천천히 페달을 밟았다. 오늘은 할 만큼 했다고 생각했는지 공원을 한 바퀴 돌아 영업소 쪽으로 방향을 틀었다. 날이 좋아서 벌들이 제 세상을 만났다. 아까부터 벌 한 마리가 줄기차게 쫓아와 눈앞에 웽웽댔다. 몸통에 털이 부숭부숭했다. 꽁무니에 벌침이 장대만하게 보였다. 어떻게든 피해보려고 해도 끈질기게 따라붙었다. 금방이라도 벌침이 이마에 꽂힐 것만 같다. 반사적으로 쳐내려다가 멈칫했다. 섣불리 건드렸다가는 제대로 쏘이고 만다. 꽃에 처박혀 꿀이나 빨 것이지. 세상에 꿀이 흘러넘쳐도 나는 빨 만한 꿀이 아니란 말이다.

클럽 영업이 끝나고 유제석은 우리를 따라 집으로 왔다. 나는 유제석이 벗어놓은 신발을 들고 방에 들어왔다. 룸메가 손님을 달고 들어오는 건 금지다. 유제석은 씻지도 않고 방 한가운데 벌렁 드러눕더니 혼잣말처럼 중얼거렸다.

"아무래도 보조 한 명만 데리고 있어야 할 것 같다…… 미안하게 됐다."

창새기는 잠옷으로 갈아입고 나는 유제석의 신발을 옷장 위에 올렸다. 우리는 유제석을 가운데 놓고 나란히 누웠다.

우리 둘 중 한 명이면 유제석은 누굴 생각하고 있는 걸까. 창새기가 삐끼 짓은 나보다 낫다. 하지만 서비스는 확실히 내가 더 낫다. 창새기는 유제석에게 잘려도 톱 웨이터에게 줄을 대려면 댈 수도 있을 것이다. 나는 아는 웨이터도 없다. 다른 일 찾기엔 아무래도 막막하다. 유제석은 제 월세를 빼더라도 보조들 월급만큼은 챙겨준다. 이 바닥엔 월급이 석 달이나 밀려도 이런저런 말로 꾀어서 보조를 부려먹는 웨이터도 허다하다. 무엇보다, 룸메로 사는 동안엔 생활비가 밀려서는 안 된다.

"자나?"

유제석이 코를 골기 시작하자 창새기가 입을 뗐다.

"인생, 예술로 한번 살아보고 죽어야 하는데……"

어제 낮에 창새기는 유제석 몰래 대학로까지 가서 오디션을 봤다. 보통, 홍보를 끝내면 유제석은 클럽으로 바로 가고 우린 영업 시간 전까지 낮잠을 잤다. 녀석은 짬짬이 오디션을 보러 다니는 눈치지만 단역 하나 건지지 못했다. 이번에도 쨍한 일은 일어나지 않은 모양이었다.

"손님을 달고 온 걸 주인이 알면 귀찮아질 텐데……"

혼자 살 궁리나 하는 걸 들킬까 나는 부러 딴소리를 했다.

"난 조만간 여기서 나갈 거다. 걔가 혼자 살더라고. 닭발집 여자 말야."

그러고 보니 한동안 여자를 만나지 못했다. 나 대신 창새기를 만나는 모양이다. 늘 남자가 먼저 떠난다더니, 이번엔 달랐다.

"언제까지 여자 단물이나 빨면서 살 참이냐?"

기부하지 못해 안달인 여자와 기부해줄 여자를 찾는 창새기가 서로 만나지 못할 이유는 없다. 여자가 아무리 선불 입금을 해봤자 창새기는 영수증 한 장 남기지 않고 먹튀할 게 뻔하다.

"사람은 단물 빨아줄 사람이라도 있어야 사는 거란다. 니 걱정이나 하세요."

놈이 빈정댔다. 울컥 화가 치밀었다.

"하긴, 세상이 꽃밭이면 너도 그렇게 살진 않겠지."

여자에게도 세상은 꽃밭이 아닌 것이다. 외로운 나머지 성급하게 마음을 주는지도 몰랐다.

"넌 쓴맛을 더 봐야 돼!"

창새기가 버럭 소리를 질렀다. 옆방에서 벽을 쿵쿵 쳤다. 언제부터 깨 있었는지 유제석이 끄응 소리를 내며 반대로 돌아누웠다.

어제 놈이 오디션 보러 간 사이 난 아버지 집으로 갔다. 유제석의 자전거를 뒤쫓느라 진땀을 빼느니 아버지의 외발자전거에 익숙해지는 편이 나을 것 같았다.

아버지는 소파에 앉아 있었다. 앙상한 두 팔이 정강이와 나란했다. 매일 이 자리에 앉아, 기부한 아들이 세상을 축내지나 않을까 걱정이라도 했는지 모른다.

깡마른 아버지를 보자 목이 탔다. 부엌으로 가 냉장고 문을 열었다. 미지근한 온기가 훅 끼쳤다. 냉장실에는 달랑 꿀 한 통만 있었다. 꿀통에는 꿀이 반쯤 남았고 가운데 쇠젓가락이 꽂혀 있었다. 시든 파나 계란 한 알 없었다. 전원 코드가 아예 빠져 있었다. 전기밥솥에도 먼지가 뽀얬다. 이젠 숫제 먹지도 않고 그 짓을 하고 있는 게 틀림없었다.

"아버지, 저한테 기부 좀 하세요."

아버지는 올해도 기부 왕이 되겠지. 죽을 때도 기부 왕으로 죽겠지. 아버지가 기부를 하는 것은 이웃을 사랑해서가 아니다. 죄책감을 덜어낼 곳이 필요할 뿐이다. 그 사실을 안다는 게 나의 약점이었다. 아버지는 약점을 가진 인간을 싫어한다.

"기부 좀 하시라니까요."

아버지는 나에겐 한푼도 기부하지 않을 것이다. 함께 죄책감을 짊어지길 바라니까.

"제발 나한테 기부를 하라고오오오!"

아버지가 느릿느릿 일어나 이쪽으로 왔다. 이제 와 무슨 말이라도 하려는 걸까. 미안하다고? 설마, 끼니는 제때 챙기느냐고? 아버지는 나를 지나쳐 냉장고로 갔다. 꿀통을 꺼내 뚜껑을 비틀었다. 그 안에 든 젓가락을 손에 꿀이 묻지 않도록 조심조심 빼내더니 끝에 묻은 꿀을 누르죽죽한 혀에 쓱 발랐다. 쪼글쪼글한 입술을 오므려 알뜰하게 핥아내곤 입맛을 츱츱 다셨다. 다섯 번쯤 그러더니 젓가락을 꿀통에 넣고 뚜껑을 닫았다. 나는 멍하니 그걸 지켜봤다. 아버지는 미지근한 냉장고 문을 열고 꿀통을 들여놓은 다음 다시 소파로 갔다. 아까처럼 허리를 잔뜩 접고 앙상한 두 팔은 정강이와 나란히 내려놓았다.

조금이라도 달콤한 맛을 볼까, 세상을 쓰디쓰게만 살아가는 아버지. 그게 아내를 괴롭히고, 오랜 시간 홀로 죽음을 예감하게 하고, 급기야 죽게 만든 남자가 생을 견디는 방법이었다. 그런 아버지가 죽지 않을 만큼만 찔끔찔끔 찍어 먹는 꿀. 차마 죽지 못해, 살기 위해 필요한 꼭 그만큼의 단맛.

공원에서는 사흘째 예술제가 벌어지고 있었다. 광장을 빙빙 돌다 유제석이 자전거를 멈춘 곳은 어제 그 공연장이었다. 검은 쫄쫄이들은 오늘도 열 맞춰 뛰고 있었다. 어김없이 벌이 귓가에서 웽웽댔다. 이 근처만 오면 벌이 극성이다. 아무래도 근처 어디 벌집이 있는 모양이다.

가까이서 우리를 두고 수군대는 소리가 들렸다. 앞서나가야 할 유제석이 어깨에 힘을 줬다 뺐다 망설였다. 어제와는 사뭇 달라진 분위기가 발목을 잡고 있는 게 틀림없었다. 창새기는 자기가 이런 곳에서 이런 짓이나 하고 있다는 게 도무지 안 믿기는 표정이었다. 하지만 유제석이 길을 뚫으면 따라는 갈 것이다. 녀석도 이번 달 생활비를 아직 송금하지 못했다. 어쩌면 창새기가 나보다 먼저 나설지도 모른다. 창새기는 꿈이라도 있으니 어느 날 갑자기 오디션에 합격해 꿀벌이 될지 모른다. 꽁무니에 벌침을 달고 꽃이란 꽃은 다 찾아다니면서 세상의 꿀을 모을지 모른다. 세상의 쓴맛이란 쓴맛은 죄다 나만 맛보게 될지 모른다.

나는 페달에 발을 올렸다. 콧등에 땀이 찼다. 벌이 귓가에서 웽웽댔다. 벌침이 닿을 듯 말 듯, 땀구멍이 따끔따끔할 지경이다. 이놈의 벌이! 나는 벌을 손으로 홱 쳐냈다. 벌이 손등을 콱 쏘았다.

"악!"

눈앞이 캄캄했다. 화끈하고 아찔했다. 내 비명에 관객들이 일제히 뒤돌아봤다. 발에 저절로 힘이 들어가면서 자전거가 비틀비틀 공연장 한가운데로 돌진했다. 관객들이 혼비백산했다. 유제석과 창새기는 미처 따라붙지 못했다. 손등에 박힌 벌침이 또렷이 보였다. 마비됐는지 핸들을 쥔 손에 힘이 빠졌다. 그러다 그만 핸들이 꺾여서 저승사자 앞에 벌렁 드러눕고 말았다.

"엄마!"

"얘네, 또 왔네."

"느그들, 재미 붙였나?"

저승사자가 공연을 집어치우고 검은 도포 자락을 휘날리며 달려들었다.

나는 발딱 일어나 자전거에 올라탔다. 이틀 연속 공연을 망친 검은 쫄쫄이들이 세상 끝까지 따라붙을 기세로 쫓아왔다. 배우들이 뛰자 관객들도 합세했다. 날 쫓는 행렬은 끝이 보이지 않았다. 검은 쫄쫄이들과 저승사자, 관객들이 공원 광장을 빙글빙글 돌았다. 벌떼가 새까맣게 몰려오는 것 같았다. 핸들이 제멋대로 휙휙 돌았다. 벌에 쏘인 자리가 불에 덴 것처럼 뜨거웠다. 그새 엄청나게 부어올랐다. 숨이 막히고 입안이 바짝 말랐다. 목구멍이 쩍 달라붙고 단내가 올라왔다. 아버지처럼 츱츱 입맛을 다셨다. 쇠젓가락에 묻은 단맛, 딱 그만큼의 단맛, 침이 솟고 숨통이 째지는 맛, 그 단맛이 간절했다.

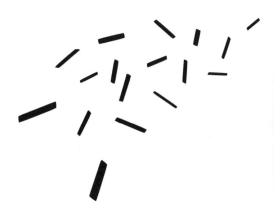

수태고지

"우리 앞에 있는 이 처녀, 소마와 관계한 자가 있느냐? 이 처녀에게 생명의 씨앗을 뿌린 자, 여기 있느냐?"

전도사가 신도들을 향해 두 팔을 쭉 뻗었다. 성단에 오른 소마는 실눈을 뜨고 주위를 살폈다. 신도들은 죄지은 사람처럼 두 손을 얌전히 가슴께에 모으고 고개를 숙이고 있다. 파리가 소마의 콧등을 치고 날아갔다. 천막 밖 수챗구멍에는 시금칫국과 부추겉절이, 계란말이가 불어터진 밥풀 찌꺼기와 함께 어우러져 있을 것이다. 열 명 남짓한 기도원 신도들이 끼니때마다 돌아가면서 쭈그리고 앉아 설거지 봉사를 하는 곳이다. 파리떼는 거기서 태어난다.

"눈을 뜨고 보라. 나서는 자 없다. 열일곱 처녀가 임신을 했으니, 신의 아이가 아니면 누구의 아이겠느냐?"

은박지 같은 시선들이 전도사를 향해 한 점으로 모여들었다. 빛을 반사하기엔 미약하고, 구겨지기 쉬운 연약한 눈이었다. 아멘, 아멘, 낮은 목소리가 들렸다. 뭐가 아멘이란 말인가. 알고 싶은 게 바로 그거라는 뜻인지, 그게 아니면 지금 정해달라는 건지. 소마의 머릿속은 복잡했다. 맨 앞자리에 꿇어앉은 백발 노파의 초록색 플라스틱 핀과 무심히 나자빠진 짝퉁 크록스 샌들 한 짝, 기도 제목을 써놓은 현수막 아래로 길게 늘어진 노끈…… 소마의 시선은 어수선하게 천막 안을 떠다녔다.

천막 입구에 몸을 반쯤 들이밀고 안을 기웃대는 사람이 눈에 들어왔다. 양호였다. 어쩌다 잡힌 사설 와이파이처럼 아무런 기미나 신호도 없이 양호는 와 있었다. 소마의 어깨가 움찔 떨렸다. 전도사의 손이 그녀의 머리를 꾹 눌렀다. 아멘, 웽, 아멘, 웽웽웽…… 정수리가 뜨뜻했다. 소마의 아빠이자 전도사가 손바닥으로 뜨거운 은총을 내리는 중이었다.

소마 아빠는 수원천변에서 철공소를 운영했다. 고개만 들면 맞은편에 방화수류정이 올려다보이는 곳이었다. 손에는 철근 절단기를 들고 있었으나 영혼의 직업은 집사였다. 주일예배는 물론이고 새벽예배, 수요예배, 구역예배 등에 빠짐없이 참석하느라 철공소 문은 닫혀 있는 날이 더 많았다. 하루 일과를 마친 뒤엔 정약용 선생이 방화수류정 바깥담에 새겨놓은 하얀 십자가를 올려다보며 사춘기 딸을 키우는 고단함을 위로받곤 했다.

철공장이의 단조롭고 가난한 삶은 의도치 않은 사건으로 위기를 맞았다. 팔달산 아래 다세대주택 밀집 지역에서 잡힌 살인마는 허술한 문을 따고 들어가 자고 있던 집주인을 토막냈다고 했다. 뉴스가 나온 저녁부터 철 대문과 철 방범창, 철 난간 등의 주문이 쏟아졌다. 예배를 빼먹는 날이 많아졌다. 철공장이는 방화수류정 담벼락의 십자 문양을 올려다보며 회개했다. 몸의 양식이 마음의 양식보다 자주, 빨리 소화되는 것에 몸서리를 치면서.

그날 소마가 철공장이에게 수태 사실을 털어놓은 것은 사소한 우연들이 끈질기게 가담했기 때문이다. 대나무 돗자리를 파는 노파가 철공소 앞에 노점 자리를 내줘 고맙다는 인사로 콩국수 한 그릇을 가져오지 않았더라면, 그걸 굳이 입맛 없는 소마에게 권하다 마지못해 철공장이가 젓가락을 들지 않았더라면, 콩국수에 들어간 콩이 설익지만 않았더라면, 하필 그 시각에 소마가 화장실에서 나오자마자 철공장이가 곧바로 뛰어들어가지는 않았을 것이다. 느닷없이 뒷덜미가 잡히고 나서야 소마는 임신 진단 키트를 양변기 위에 그대로 두고 나왔다는 걸 깨달았다.

"그 몸으로 학교는 어찌 다니겠느냐. 아이는 절로 자라느냐. 기저귀, 분유 값은 너 혼자 힘으로 어찌 감당하겠느냐. 임신한 몸으로 일이라도 할 수 있을 것으로 여기느냐? 어느 후레자식으로 말미암아 그리되었는지 이 아비에게 속히 밝혀라."

말해 뭣 하리오. 그 자식은 진정 아비 노릇할 주제도 되지 못할 뿐더러 소문만 무성히 퍼뜨릴 것을. 소마는 그것만은 말하지 않기로 결심했다. 그렇다고 미리 작정해둔 말이 있을 리 없었다.

"월식이 있던 밤, 홀로 잉태를 했어요."

소마는 입에서 나오는 대로 말해버렸다.

"네 무슨 말 같지 않은 소리냐. 사내 없이 어찌 여인 홀로 임신을 하느뇨? 성령으로 말미암은 것은 마리아 이후로 없는 일이로되, 진정 네가 처녀 잉태라도 했단 말이냐?"

"제브러상어와 망치상어도 처녀생식을 하고 줄기세포 1번도 처녀생식을 해요. 저라고 그러지 말란 법이 어딨어요?"

상어와 줄기세포의 생식에 관해 소마가 미리 알아둔 것은 아니다. 이때를 대비해 성경학교에 다닌 것도 아니다. 아비의 끈질긴 요청에 마지못해 나갔을 뿐이다. 수태고지 그림을 공부하던 중 교사의 영적 인도가 우연히 그곳에 이르렀고, 소마는 그 얘기가 마음에 들었다. 마리아에게 잉태를 전하는 가브리엘 천사의 그림은 수도 없이 많았지만, 그 와중에 상어들의 생식은 확실히 역동적으로 느껴졌다. 줄기세포 1번의 생식조차 그랬다.

소마의 말에 철공장이는 벌린 입을 다물지 못했다. 헛되도다. 이 아이와 말을 더 섞어 무엇 하리요. 철공장이는 눈물을 삼키며 방화수류정에 올라 천장을 향해 기도했다. 정약용 선생은 천장의 대들보도 붉은 십자가 모양으로 축조해놓았다. 밤은 침묵을 축조했고 방화수류정 아래 수원천은 시간을 축조하고 있었다. 철공장이는 위대한 축조물들 한가운데 무릎을 꿇었다. 아침이 돼서야 방화수류정에서 내려와 소마의 손을 잡고 반석산부인과로 갔다.

"임신 오 주 차로군요."

반석 의사의 목소리는 담담했다.

"선생님, 이 아이가 진정, 사내와 잤습니까?"

처녀 잉태했다는 말 따위는 믿고 싶지 않았지만 이제 겨우 열일곱 된 딸의 몸에 사내의 손이 닿았다는 것은 더더욱 믿고 싶지 않았다.

"굳이 그렇게 물으신다면, 그렇다고 말씀드려야겠지요."

의사는 콧등을 찡그려서 흘러내리는 안경을 치켜올렸다.

"선생님은 마리아의 처녀 잉태를 믿지 않으십니까?"

의사의 뒤통수 위에는 병원 개업을 기념해 철공장이가 특별히 제작해준 십자가가 걸려 있었다. 의사는 매주 화요일 저녁 철공장이와 구역예배를 함께 드렸다.

"제 입장에서는 정자가 따님의 자궁에 착상했다고 말씀드릴 수밖에 없습니다."

의사는 철공장이를 딱한 눈으로 바라봤다. 사내는 아내 없이 홀로 애지중지 딸을 키웠다. 이제 그 딸이 미혼모가 될 처지에 놓인 것이다.

소마 엄마는 반석산부인과 간호조무사로 일했다. 혀가 약간 짧은 것을 빼고는 나무랄 데가 없는 사람이었다. 그래서 딸의 이름을 '소망'이라 지어놓고 한 번도 제대로 불러보지 못했다. 앙증맞은 발이 땅에 닿는 것도 아까워 늘 업거나 안고 다니면서 소마, 소마, 노래를 부르고 살았기 때문에 동네 사람 누구나 소망이를 소마라 불렀다. 삼 년 전 장대비가 컴컴하게 내리던 날, 소마 엄마는 수원천을 건너다 급류에 휩쓸렸다. 시신은 화홍문을 지나 성안으로 흘러들어가 팔달문 근처까지 떠밀려 내려갔다. 바위틈에 팔이 끼이지 않았더라면 영영 못 찾았을 수도 있었다. 넋이 나간 철공장이를 대신해 의사는 구역의 신도들에게 일일이 연락해 장례를 이끌었다. 요단강 건너가 만나리, 만나리…… 어린 소마는 고개를 축 늘어뜨린 채 찬송가를 따라 불렀다. 어느덧 소녀의 얼굴에는 주근깨가 하루살이떼처럼 앉아 있었다.

"신의 아이도 정자로써 잉태될 수 있는 거 아니겠습니까? 신이 못하실 일이 뭐란 말입니까?"

철공장이가 간절한 얼굴로 되물었다. 의사는 얕은 숨을 내쉬었다. 부부는 닮는다더니, 미련할 정도로 하나밖에 모르는 성정도 꼭 닮지 않았나. 병원으로 전화 한 통만 했어도 소마 엄마는 출근을 위해 수원천을 건너지 않아도 됐었다. 폭우로 수원 일대가 정전이 돼서 병원 문을 열 수 없었다. 의사는 사내의 어깨를 다독였다. 사내는 단지 자신이 알고, 믿는 곳에 몸을 누이고 싶은 것이다.

"형제님, 신이 취하신 방식을 제가 알 도리가 없습니다."

의사는 부녀가 수술을 원할 것으로 짐작했다. 두 사람의 뜻이 그렇다면 우선 뱃속의 생명을 지키도록 설득할 생각이었다. 하지만 정 원한다면, 오, 주여…… 의사가 양심과 온정 사이를 오가고 있을 때 철공장이가 뭔가 결심한 듯 의자에서 일어나 딸의 손을 잡고 진료실을 나갔다. 의사는 회전의자를 빙글 돌려 십자가를 향해 두 손을 모았다.

집에 돌아온 철공장이는 주일예배도 가지 않고 철공소 문도 열지 않았다. 행여 딸이 딴마음을 먹을까 종일 곁을 지켰다. 학교는 데려다주고 데려왔다. 쉬지 않고 자라날 뱃속의 것을 생각하면 째깍째깍 심장이 조였다. 초조한 것은 소마도 마찬가지였다. 산부인과에 손목이 잡혀 갈 때만 해도 소마는 아빠가 어쩔 수 없이 수술 동의서에 사인할 것으로 여겼다. 들키지만 않았다면 어떻게든 선배 언니들의 민증을 빌리고 보호자를 물색해 병원에 갔겠지만 이미 엎질러진 물이었다. 그래서 순순히 산부인과에 따라간 거였다. 아빠가 성령 잉태를 확증받으려 할 줄은 몰랐다. 좁은 방에 부녀의 숨소리가 시소처럼 번갈아 오르락내리락했다.

보름 뒤, 철공장이는 수해로 떠내려간 집터에 말뚝을 박고 천막을 세웠다. 상습 수해 지역의 집터를 사려는 사람이 없어 몇 년째 공터로 남아 있는 곳이었다. 천막 입구에는 기도원 팻말을 달았다. 같은 교회를 다녔던 허가와 송가가 개원 축하 화분을 들고 찾아왔다. 두 사람은 철공장이가 꼬박 일 년을 공들여 전도한 사람들이었다. 철공장이는 수건 도매상을 하는 허가에게서 매일 수건 한 장씩 사서 이발소를 하는 송가에게 선물했다. 보름쯤 지나자 허가는 수건이 하나씩 팔릴 때마다 이상하게 마음이 무거워졌다. 그건 수건이 쌓이는 쪽도 마찬가지였다. 아무리 마다해도 철공장이는 그만둘 기미가 없었다. 마침내 그들이 주일예배에 쭈뼛쭈뼛 나타났을 때 철공장이는 기도에 응답받았다며 눈시울을 붉혔다. 허가와 송가로 말하자면, 오로지 수건 때문이었다.

두 사람은 팔거나 받은 수건의 개수만큼 기도원에 출석 도장을 찍을 셈이었다. 하지만 한 달쯤 지나자 다시 교회로 돌아가기에도 멋쩍게 돼버렸다. 송가는 그동안 철공장이에게서 받은 수건을 들고 허가의 가게로 갔다. 허가는 수건에 '방화수류정 수태고지'라는 글자를 박아 사이좋게 둘로 나눴다. 수건 도매상과 이발소에 찾아온 손님들은 기도원 판촉물을 선물로 받았다.

방화수류정에서 계시를 받고 신의 아이를 가졌다는 처녀를 보러 사람들이 기도원에 하나둘 모여들었다. 불임 부부가 돌부처의 코를 갈아 마신다는 심정으로 오기도 했고, 단순히 호기심에 기도원 천막을 들추는 사람도 있었다. 그중엔 반석 의사와 철공장이가 다니던 교회의 담임목사도 있었다.

"형제님, 형제님이 성도들에게 말씀을 전하시는 걸 들었습니다. 설마 진짜 그렇게 믿는 건 아니시죠?"

의사가 철공장이의 두 손을 부여잡았다.

"집사님, 전도사 고시는 치르셨습니까? 자격증도 없이 함부로 직책을 가지시면 안 됩니다. 옳지 않은 일을 하시는 겁니다."

의사는 틈을 주지 않고 형제와 집사와 전도사를 한꺼번에 다그쳤다. 목사는 의사 뒤에 서서 침묵을 지켰다.

"저는 신의 목소리를 들었습니다."

철공장이가 대답했다. 신의 목소리를 듣고도 스스로를 목사라 하지 않고 전도사라 한 것은 철공장이가 그나마 자신을 낮추었기 때문이란 걸 의사는 꿈에도 몰랐다.

철공장이는 콩국수를 먹고 배탈이 나 화장실에 뛰어들던 차에 딸의 임신 소식을 알았다. 안 그래도 후들거리던 무릎이 단박에 꺾였다. 간신히 방화수류정에 올라 두 손을 모았으나 몸뚱이가 까마득히 가라앉는 것 같았다. 눈앞이 캄캄하고 식은땀이 줄줄 흘렀다. 그러다 성곽이 와르르 무너지는 느낌에 그만 바닥에 쓰러졌다. 엎드린 채로 철공장이는 딸의 미래를 그려보았다. 일 년 후, 삼 년 후, 십 년 후, 그 이후까지도 검은색 하나로 모든 것을 그릴 수 있었다. 아내를 잃은 충격에 철공장이는 한동안 철공소에서 쇠만 두드렸다. 어미를 잃고 하루하루 엇나가는 딸을 붙잡지 못했다. 모두 내 탓이오, 내 탓이었다. 그때 성곽을 타고 가느다랗게 올라오는 소리가 있었다. 작지만 큰 광명의 소리였다.

"그걸 증명할 수가 있겠습니까?"

잠자코 있던 목사가 앞으로 나섰다.

"보지 않고 믿는 것이 참된 믿음이라고 목사님께서도 분명 그러시지 않으셨습니까?"

철공장이가 고지식한 얼굴로 되물었다. 목사 뒤로 물러나 있던 의사가 질색하며 눈을 꾹 감았다.

부흥회의 절정은 소마가 신자들에게 축복을 내려주는 순서였다. 소마는 신자들을 향해 돌아섰다.

"정자무력증이래요. 남편은 발전소 밤 근무를 하고, 저는 할인점에서 낮 근무를 하니 그것이 밤낮을 구분 못해서 그러는지…… 사람 사는 게 이게 아닌데 싶어서 직장도 그만두고, 있는 돈 없는 돈 끌어모아 인공수정만 두번째예요. 병원에 갈 때마다 구멍이 숭숭 뚫리는 기분, 아시겠어요?"

인근에서 본 적 없는 여자였다. 멀리서 찾아온 모양이었다. 머리칼이 듬성듬성해 두피가 훤히 내려다보였다. 여자는 소마의 배에 입술을 꾹 누르더니 좌우로 비볐다. 진달래색 루주 자국이 하얀 치마에 빨판 모양으로 묻어났다. 소마는 당황한 나머지 주위를 두리번거리다 그만 양호와 눈이 딱 마주치고 말았다. 양호가 주춤주춤 천막 안으로 들어와 줄 맨 끝에 섰다. 여기 와서 무슨 짓을 하려고. 이 와중에 양호가 자신이 아이의 아빠라고 손을 든다면 일만 더 커지게 될 터였다.

"아이를 낳는다 해도 키울 수가 있어야죠. 전단 돌리기에 서빙에 아르바이트를 두세 탕씩 뛰어도 당장 생활비가 빠듯해요. 수술만 벌써 세 번을 했어요. 죄 많은 저를 벌해주세요. 그게 아니면 축복을 내려주시든가요."

빨판 입술 뒤에는 라면 가락처럼 깡마른 여자가 서 있었다. 뼈와 거죽이 한데 붙어 배배 꼬인 느낌이었다. 어디서 이런 뜨내기들만 꼬여드는지. 아르바이트를 하던 장터국숫집 주인이 뭘 해도 입지가 중요하다고 입버릇처럼 말하던 게 괜한 말이 아니었다. 기도원이 흥하기는 글러버린 것 같았다. 소마가 슬쩍 몸을 틀려 하자 여자가 소마의 배를 와락 껴안고 통곡하기 시작했다. 전도사가 달려들어 여인을 진정시켰다.

"자매님, 이 처녀의 몸에서 당신의 아이가 태어날 겁니다. 우리 모두의 아이입니다."

여인이 겨우 성단을 내려가자 양호의 차례가 한발 더 가까워졌다. 소마는 눈물 콧물로 축축하게 젖은 옷을 갈아입는다는 핑계를 대고 성단을 황급히 내려갔다. 천막 뒤를 돌아나가려는데 등짝이 화끈했다. 양호였다.

"그거, 그날 너 그렇게 된 거 아냐?"

양호가 등짝을 후려친 손으로 소마의 배를 가리켰다. 파리가 왱 날아올랐다.

석 달 전, 월식은 한 시간 일찍 소마의 가슴에서 일어났다. 티셔츠 아래 두 개의 크고 환한 달이 둥실 떠오르자 양호의 떨리는 손이 소마의 가슴을 덮었다.

그날 소마는 학생부 예배를 보고 곧장 교회를 빠져나왔다. 주일에도 국숫집 알바를 뛰어야 했기 때문이다. 주일예배가 끝나면 철공장이는 흐뭇한 얼굴로 얼마간 용돈을 쥐여줬지만 색조 화장품은 고사하고 기초 화장품 사기에도 모자랐다. 보디 워시며, 풋 크림, 헤어 트리트먼트 같은 건 철공장이의 안중 밖이었다. 막 예배당 문을 나서려는데 양호가 허둥지둥 따라 나와 대뜸 등짝을 때렸다. 깜짝 놀란 소마가 고양이처럼 등을 바짝 세우며 소리를 지르는 통에 양호가 말을 더듬었다.

"미, 미안. 하, 항상 빨랑 도망가니까 그렇지."

단둘이 방화수류정 아래 연못에서 월식을 보자는 말이었다. 연못이라면 용연을 말하는 거였다. 소마는 잠깐 망설였다. 철공장이가 성곽 위 방화수류정에 수시로 오르내리는 걸 알고 있었기 때문이다. 어쩌면, 그 위에서 내려다보면 용연은 무성한 나뭇잎에 가려지지 않을까. 더구나 밤이라면. 더구나 월식이 있는 밤이라면. 소마의 눈썹이 빳빳하게 치켜올라갔다. 국숫집 주인이 화장을 하지 않으면 청승맞아 보인다고 해서 평소 비비크림 정도야 바르긴 했지만 주일에는 정성껏 마스카라까지 칠했다. 양호 때문이었다.

소마의 눈에 양호가 들어온 것은 그가 설계 도면을 가지고 철공소로 찾아온 날부터였다. 소마는 철공소에 딸린 가겟방에 엎드려 새우깡을 똑똑 분지르고 있었다. 과자 한 봉지를 다 털어낸 뒤엔 뭘 할지 궁리중이었다.

양호는 도면을 손가락으로 짚어가며 철공장이에게 열심히 설명했다. 휴대폰 케이스였다. 철공장이는 휴대폰 케이스를 철로 만드는 놈이 어디 있냐고 핀잔을 주었다. 소량 주문은 힘은 힘대로 들고 돈도 안 되는 일이었다.

"아저씨, 강철 말고 알루미늄이나 양철 같은 걸로 해주셔도 돼요. 암튼, 저 말고 아무도 못 보게요. 예? 예? 요기 아주 중요한 게 있거든요. 부탁드려요. 예? 예?"

"중요한 게 뭔데?"

"그게 말이에요. 하나님 말고는 아무도 몰라야 하는 거거든요."

양호의 입에서 튀어나온 말은 철공장이의 마음에 쏙 와닿았다. 암, 하나님은 다 알고 계시고말고.

"일주일이면 돼."

일주일 후, 양호는 벌린 입을 다물지 못했다. 휴대폰 케이스는 금장 도금돼 있는데다 가운데 십자가가 떡하니 버티고 있었다.

"아저씨, 이거 도면하고 다르잖아요. 이렇게 눈에 띄면 안 된단 말이에요."

양호가 울상이 됐다.

"너한테는 성물인데, 이 정도는 돼야지."

그때부터 소마는 교회에서 양호를 유심히 살펴보기 시작했다. 휴대폰을 철통같이 지키기 위해 철통이 필요한 남자애. 양호에게도 고지식한 면이 있었던 것이다. '고지식하다'는 것은 소마 몸속에 잠복해 있는 수두 바이러스와 같았다. 새우깡을 똑똑 부러뜨려 먹었던 엄마는 고지식한 면으로 보자면 철공장이 못지않았다.

용연의 밤은 맑았다. 달이 환했다. 월식은 자정께나 일어날 거라 했다. 아직 한 시간이나 남아 있었다. 월식이 있는 밤에 용연에 나와 있는 사람은 없었다. 바위도, 풀도, 물위에 생뚱맞게 떠다니는 야쿠르트 병도 저마다 연못을 아름답게 장식하고 있었다. 둘은 연못가 벤치에 나란히 앉았다.

"네 성물 좀 봐도 돼?"

"성, 성물이라니……?"

양호가 엉덩이를 주춤 뒤로 뺐다.

"철공소에 가져와서 만들어달라고 한 거, 네 성물이라며."

"아, 그거? 안 돼. 절대 안 돼!"

"왜?"

소마가 눈을 치뜨자 양호는 그녀의 속눈썹이 가슴에 날아와 박힌 것처럼 찡했다. 휴대폰을 쥔 손을 소마에게 잡힌 건 순식간이었다. 양호는 기를 쓰고 손아귀를 움켜쥐었다. 소마도 악착같았다. 양호가 지키고 싶어하는 게 뭔지 정말 궁금했던 것이다. 소마의 손톱이 양호의 손등에 깊숙이 파고든 순간, 양호는 그만 모든 것을 내려놓았다.

"성, 성물이 아니라 성인물이야……"

휴대폰 안에는 과연 성인들의 성물이 가득했다.

"지, 지난번에 담임한테 휴대폰을 압수당해서……"

소마는 무표정한 얼굴로 액정 화면을 집게손가락으로 휙휙 넘겼다. 소마의 얼굴이 진주 가루를 뿌려놓은 것처럼 빛났다. 양호는 소마를 멍하니 바라봤다.

"니 얼굴에서 빛이 나……"

"펄 베이지 비비. 육천팔백원."

여전히 무표정한 얼굴로 소마가 말했다.

"그렇게까지 말할 필요는 없는데…… 난 그저……"

양호는 약간 당황했다. 소마는 내숭이라고는 하나도 없는 순진한 아이일지도 몰라. 그게 아니라면 진정 뼛속까지 쿨해서일까. 복잡한 머릿속과는 달리 양호의 눈길은 그녀의 가슴 위로 내려앉았다. 소마가 양호의 눈길을 따라 자신의 가슴을 내려다봤다. 티셔츠 아래 감춰놓은 것은 금방이라도 둥실 하늘로 떠오를 것만 같았다. 소마가 티셔츠를 가슴 위로 홀렁 끌어올렸다. 두 개의 달이 홀렁 떠올랐다. 믿을 수 없을 만큼, 한껏 부푼 달이었다. 양호는 떨리는 손으로 달을 움켜쥐었다.

수챗구멍에서는 끊임없이 파리가 날아올랐다. 소마는 손을 홱홱 저어서 파리를 쫓았다. 소마가 손을 가로젓자 양호가 눈을 뚱그렇게 떴다.

"그날 그렇게 된 게 아니면, 그럼, 양다리였어?"

어쭈. 애초에 아이 아비는 없다 쳤으되, 양다리라니. 소마는 기가 막혔다.

"봤잖아. 사람들이 내 배를 붙잡고 서로 자기 아이라고 우기는 거."

"그게 말이 돼?"

학교는 니 아빠한테 등 떠밀려 다니는 모양인데, 그래봤자 임신했다고 대놓고 떠드니 교무실로 호출당하는 건 시간문제다. 담임 앞에서도 통할 줄 아냐. 넌 당장 퇴학이다. 천막 안에 있는 열 명 정도야 네 편에 서서 우겨주겠지만 누가 믿겠냐. 작심하고 쏟아냈지만 마지막 말은 양호의 목구멍에 걸려 있었다. 이제라도 병원에 가서 어떻게 좀 해.

"말이 되게 하려면 어떻게 해야 하는데?"

"뭐?"

"이 청승맞게 치렁치렁한 치마, 내 스타일이라서 입고 있는 거 같냐? 너 하루에 알바 몇 개 뛸 수 있어? 너네 가게에서 알바 뛰면 사장님이 얼마 쳐줘? 최저시급은 받나?"

양호 아빠는 돈이 많다. 이층짜리 건물도 있다. 오로지 마누라 손맛만 믿고 일층 셋집을 내보내고 갈빗집을 냈는데 그게 입소문을 탔다. 개발제한구역에 묶여 가게 평수를 늘리지 못하게 되자 살림집으로 쓰고 있는 이층의 세간을 한 방에 몰아넣고 손님 테이블을 들였다. 양호는 연탄 창고로 쓰던 곳을 대강 치우고 거기 들어가 잤다. 대로변으로 외짝 문이 나 있고 문을 열면 바로 방바닥을 디뎌야 하는 곳이었다. 벗은 신발은 주워서 선반에 올려놓아야 했다. 들고 나는 걸 일일이 챙기는 사람이 없으니 양호는 언제부터인가 도둑처럼 살금살금 제 방에 숨어들었다. 양호 아빠는 아들 방보다 손님 테이블 하나가 더 급한 사람이니 아들이 아들을 낳았대도 땡전 한푼 내놓을 리 없다.

양호가 꼬박꼬박 주일예배에 나가는 이유도 주말이면 가게가 더 붐비기 때문이다. 고기 철판을 닦으라는 잔소리도 교회 담장을 넘진 못했다. 본래 양호 엄마는 착실한 교인이었는데 남편 등쌀에 주일도 못 지키고 주방에서 묵묵히 갈비를 재웠다. 양호 엄마가 남편에게 큰소리를 낸 적이 딱 한 번 있었다. 한창 바쁜 일요일에 번번이 내빼는 양호를 잡으러 남편이 예배당으로 돌진하려 할 때 양호 엄마가 남편의 허리춤을 날쌔게 잡아챈 것이다. 양호 아빠는 물기 있는 바닥에 철퍼덕 미끄러졌다. 어리둥절한 것도 잠시, 양호 아빠는 발딱 일어나 아내에게 고래고래 소리질렀다. 싸움은 의외로 싱겁게 끝났다. 입을 양푼인지 주머닌지 모르게 달고만 다녔던 양호 엄마가 갈비를 가득 재운 고무대야를 끌고 와 바닥에 홀러덩 뒤집었다. 붉은 고깃덩이와 양념이 바닥에 흥건했다. 남편이 충격에서 채 벗어나기 전 양호 엄마가 쐐기를 박았다. 양호를 예배당에서 끌고 나오면 앞으로는 갈비를 절대 재우지 않겠노라고.

"내, 내가 언제 알바 뭔대?"

양호가 주춤 뒤로 물러났다.

"그럼 네 성물로 쿠키런이나 하셔."

양호가 돌아가고 부흥회도 끝난 저녁, 소마는 혼자 방화수류정에 올랐다. 마리아 흉내도 하루이틀이지, 흰옷 꼬락서니만 봐도 입덧이 올라왔다. 신도들은 열몇 명 언저리에서 좀처럼 늘지 않았다. 헌금은 영혼의 무게만큼 미약하여 기도원을 운영하는 데 턱없이 모자랐다. 생활비 충당은커녕 매달 제자 육성비 조로 오십만원 정도가 꼬박꼬박 들어갔다. 살인마가 열두 쌍둥이로 출몰해 철 대문과 철 방범창, 철 난간 주문이 쏟아지지 않는 한 애가 태어나기도 전 굶어죽을 판이었다. 요샌 철공소 문을 거의 닫아놓다시피 하고 있으니 열두 쌍둥이도 아무 소용 없을지 모른다. 성곽 아래 담뱃불을 빨갛게 태우는 아이들이 시시덕거리는 소리가 들렸다.

날이 밝자 소마는 몰래 기도원을 빠져나와 반석산부인과를 찾아갔다. 보호자는 물론 민증도 미처 구하지 못해 의사의 온정에 기대보는 수밖에 없었다. 진료 대기실에는 마리아가 아기 예수를 안고 있는 그림이 걸려 있었다. 소마는 소파에 앉아 혼잣말을 했다. 아, 빡쳐. 대기 시간은 생각보다 길었다.

진료실에는 뜻밖에 철공장이가 앉아 있었다.

소마가 대기실에 앉아 있다는 걸 알았을 때 반석 의사는 성도들을 삿된 길로 이끄는 악마의 씨를 제 손으로 거둘까, 심각하게 고민했다. 자신이 알고 있는 모든 법전을 샅샅이 뒤졌으나 이 한 줄을 피해갈 수는 없었다.

"미성년자는 부모의 동의가 필요하단다."

더 들어볼 것도 없이 소마는 그대로 진료실을 뛰쳐나갔다. 하지만 이번에도 얼마 못 가 철공장이에게 뒷덜미를 잡혔다.

"성도들이 너를 찢어 죽일 것이로되. 고난을 참고 견디면 따르는 자가 강물같이 흐르고 너를 손가락질하는 자는 강물에 쓸려갈 것이로되."

철공장이는 소마의 손목을 움켜잡고 기도원을 향해 뚜벅뚜벅 걸었다.

"천막 밖으로 한 걸음만 나가도 사람들은 다 알아요. 내가 미혼모라는 거."

"천막을 크게, 크게 펼쳐 세상 모두를 덮을 것이로되!"

소마는 한숨을 내쉬었다. 수원천변의 철공소 주인은 정말 그러고도 남을 것 같았다.

하루하루 쏟아붓는 복음으로 소마의 배는 조금씩 차올랐다. 학교는 그만뒀다. 자퇴와 휴학 사이에서 갈등했지만 출산 후 학교로 돌아갈 수 있을 것 같지 않았다.

"기도합시다. 사랑의 하나님, 하나님의 기적이 이 처녀의 몸에 임하셨음을 우리가 압니다. 우리를 긍휼히 여기사 새 생명을 주셨음을 우리가 아나이다. 집도, 일도 없는데 짝은 어찌 구하겠으며,

더구나 생명은 어찌 감당하겠나이까. 세상이 병들어 생명을 잉태할 수 없는 지경이라, 우리 죄를 무릎 꿇고 고백하나이다…… 엎드려 회개하지 않으면 반드시 죄를 받을 것이로되, 죽어서도 반드시 지옥 불에 떨어지리라!"

전도사의 뒤로 기도 제목이 적힌 현수막이 드리워져 있었다. '늦기 전에 회개하라.'

양호는 소마를 만난 뒤로 거의 매일 기도원에 왔다. 처음 올 때는 믿기지 않아서 왔고, 두번째는 설마 해서 왔고, 세번째는 정말인가 싶어서 왔다. 부흥회가 거듭될수록 양호의 안색은 어두워졌다. 회개하라, 회개하라, 전도사의 말이 귓속 달팽이관을 타고 뱅뱅 도는 것 같았다. 견디다못한 양호는 전도사가 된 철공장이를 찾아갔다.

전도사는 부흥회에 쓰일 별 딱지를 오리는 중이었다. 예배 참가 횟수에 따라 별을 주려는 거였다. 별 딱지를 오리는 전도사를 보자 양호는 전에 없던 용기가 솟았다. 제 아빠가 계산대에서 단골손님이 내미는 쿠폰에 마지못해 도장을 찍는 모습이 떠올랐던 것이다. 조만간 공짜 냉면을 갖다 바쳐야 한다는 생각에 살짝 짜증스러운 얼굴, 그걸 감추려는 억지 미소. 갈빗집을 드나들 때마다 양호는 남몰래 중얼거렸다. 내 인생이 저 인간보다야 낫겠지.

엉뚱한 데서 용기를 얻은 양호는 담대하게 고백했다. 실은 소마와 관계한 장본인이 이 몸이라고.

"네까짓 게 신의 자식을 넘보느냐!"

양호의 말이 끝나자마자 전도사의 목구멍에서 불지옥이 열렸다. 불지옥 한가운데서 양호는 당혹과 모멸, 멸시와 천대, 저주와 재앙을 한꺼번에 뒤집어썼다. 그대로 있다간 몸뚱이째 홀랑 불탈 것 같았다.

"에이씨, 아저씨가 회개하랬잖아!"

어차피 불지옥으로 처넣을 거면 뭐하러 회개하라 꼬드겼냐 말이다. 양호는 전도사가 제 육신을 활활 태우도록 내버려두고 기도원을 뛰쳐나왔다. 그대로 내처 달렸다면 영원히 달아날 수도 있었다. 기도원 입구에서 소마와 마주치지 않았더라면.

"쿠키런 하나?"

싸구려 인간을 싸구려 인간이라 대놓고 씹는 표정. 양호는 갈빗집 주인을 보던 제 면상과 꼼짝없이 맞닥뜨린 기분이었다.

양호는 다짜고짜 소마의 손을 낚아챘다. 그리고 뛰었다. 이럴 줄 알았으면 주유소 알바를 그렇게 그만두는 게 아니었다. 시급을 지 좆만큼 준다고 다른 알바와 시시덕거리다 들켜서 잘린 건 지금 생각해도 철딱서니 없는 짓이었다. 불어터진 라면을 가져왔다고 피시방 알바 뒤통수를 때린 일도 후회됐다. 당장 갈빗집 주인은 인생 종쳤다고 비웃을 것이다. 꼭 이래야 할까? 주근깨를 옴팡 뒤집어쓴 이 계집애를 위해? 얼굴도 못 본 뱃속의 그것을 위해? 양호는 달아나면서 고민했다. 신실한 고민이었다.

양호가 막무가내로 잡아끄는 바람에 소마의 발에 치맛자락이 걸려 찢겼다. 소마는 너풀대는 치마를 북 찢어냈다. 양호 때문이 아니더라도 언제고 기도원에서 달아났을 거였다. 그게 지금이라 한들, 뭐. 소마는 양호보다 더 빨리 뛰어 달아났다.

소마가 사라지자 그날 저녁 부흥회의 하이라이트가 생략됐다. 다음날부터는 아예 부흥회가 열리지 않았다. 철공장이는 지구대에 실종 신고를 했다. 가출을 결심한 애가 치렁치렁한 치마를 입고 사라질 리 없었다. 경찰이 기도원 입구에서 찢어진 치맛자락을 발견하자 소문은 걷잡을 수 없이 퍼졌다. 소마가 살인마에게 납치됐다는 거였다. 같은 날 양호도 사라졌지만 소마의 실종과 연관 짓는 사람은 없었다. 양호가 밖에서 자고 들어오는 것은 대수롭지 않은 일이었기 때문에 양호의 부모조차 양호가 사라진 것을 몰랐다. 철공장이만은 달랐다.

"박양호가 소마를 납치했을지도 모릅니다."

"박양호가 누굽니까?"

한 달째 야근을 하고 있는 경찰은 팔꿈치를 책상에 고이고 간신히 몸을 지탱하고 있었다. 살인사건이 마무리됐나 싶더니 삼 일 전에는 인근에서 목 잘린 시체가 발견됐다. 모방범죄일 가능성이 컸다.

"딸이 사라진 날 박양호가 본인에게 찾아와 소마의 뱃속에 든 아이가 자기 아이라고 주장했습니다."

"그래서 뭐라 하셨습니까?"

"혼쭐을 냈습니다. 거짓말이니까요."

"왜 거짓말이라고 생각하십니까?"

경찰이 커피를 한 모금 마셨다. 커피는 미지근하고 종이컵은 눅눅했다.

"제가 한밤중에 방화수류정에서 기도를 하다가……"

"유네스코 세계문화유산으로 지정된 문화재에 한밤중에 함부로 올라가시면 벌금형을 받습니다."

경찰은 종이컵을 구겨 쓰레기통에 던졌다. 도대체 이 코딱지만 한 지구대는 잠잠한 날이 없었다. 바글바글한 인구만큼이나 사건사고가 많았다. 중국 동포와 결혼한 남자가 여권을 빌미로 아내에게 돈을 벌어오라 강요하다 급기야 때려죽인 사건은, 피곤했다. 시간에 쫓긴 택배 기사가 대문 앞에 놓고 간 참기름이 파손된 사건도, 피곤했다. 신의 아이를 가졌다 주장한 소녀가 실종된 사건은 정말, 피곤했다.

"거, 거기서 제가 우리 딸이 신의 아이를 가졌다는 계시를 받았습니다."

"구체적으로, 언제, 어디서, 어떻게 들었습니까?"

경찰의 추궁에 철공장이는 아차 싶었다. 뜨개옷은 신의 날개옷이요, 올을 잡아당기는 것은 인간의 손이라. 한쪽 올이 풀리기 시작하면 술술 풀려나가 나중에는 발가벗게 될지 몰랐다. 인간의 손은 신의 알몸을 기어이 보려 할 것이다. 그 인간이 경찰이라면 특히 더 문제였다.

"그, 그게 방화수류정에서 망연자실한 맘으로 기도하는데 성곽 아래서 홀연 목소리가 올라오는 게 아닙니까? 그냥 들리는 게 아니라 저를 향해 성벽을 기어올라오는 소리였습니다."

경찰의 어깨에 피로가 차곡차곡 쌓이는 중이었다.

"무슨 소리였습니까?"

"그, 그야, 생명은 신이 주신다는 소리였습니다."

실은, 그게 자신의 내장을 타고 울려나왔는지 성벽을 타고 올라왔는지는 확실치 않았다. 하지만 그게 중요한 게 아니었다. 믿음보다 중요한 것은 없었다. 철공장이는 그 어느 때보다 그 말씀을 믿어 의심치 않았다.

경찰은 한숨을 내쉬었다. 방화수류정 아래라면 용연이 있는 곳이었다. 방화수류정과 용연은 불임을 걱정하는 부부가 산책하다서로를 위로하는 말이 들리고도 남을 거리였다.

"경찰은 최선을 다해 수사하고 있습니다. 가출일 가능성도 있으니 돌아가 기다리십시오."

철공장이는 이대로 돌아갈 수 없었다. 풀린 올이야 이쯤에서 잡아맨다지만 소마는 어디 가서 찾는단 말인가.

"소마가 살인마에게 잡혀갔다면 어쩔 겁니까! 옷자락에 핏자국이 선명한데……"

가뜩이나 피곤한 경찰에게 해서는 안 될 말이었다. 살인범이 잡히기까지 지난 한 달간 경찰은 신문사와 방송국, 듣보잡 인터넷 방송국에서 몰려든 기자들에게까지 시달릴 대로 시달렸다. 모방 범죄만으로도 골치가 아팠다.

"그런 말씀을 증거도 없이 하시면 안 됩니다. 집에 돌아가셔서 기다리시면 연락드리겠습니다."

"이대로 돌아갈 순 없어요. 차라리 이 자리에서 순교하라면 하겠습니다."

순교라니. 사이비 전도사다운 말이었다. 경찰은 유치장 문을 열어 일단 그를 재우기로 했다.

"선생님은 신의 아이를 가졌다는 근거 없는 주장을 하고 집회를 주도해 금품을 갈취했으며, 살인범이 나타났다는, 역시 근거 없는 주장을 해서 민심을 피폐하게 했습니다. 무엇보다 결정적인 건, 찢긴 치맛자락에서 혈흔은 한 방울도 발견되지 않았다는 사실입니다. 이는 명백하게 허위 사실 유포죄에 해당합니다."

다음날, 머리에 수건을 두른 십여 명이 새벽부터 지구대 앞에 드러누웠다. 수건은 허가의 가게에서 공수해온 것이었다. 송가가 연락책을 맡았다. 빨간 입술 여인이 자신은 예수를 부인한 베드로가 되지 않겠다며 선발대를 자처했다. 초록색 핀을 꽂은 노파는 짝퉁 크록스 신발을 신은 손자의 손을 잡고 왔고, 라면 가락처럼 마른 여인도 빳빳이 등을 펴고 땅바닥에 누웠다. 장터국숫집 주인이 온 것은 의외였다. 알바를 제멋대로 그만둔 것은 괘씸했지만 애를 가진 애가 실종됐다니 우선 물에 빠진 애부터 구하자 싶었던 것이다. 저마다 머리에 두른 수건에는 구호가 박혀 있었다. 허가가 가게 문을 닫고 밤새 박은 글자였다.

'진실이 너희를 자유케 하리라!'

이 사건은 철공장이를 더욱 궁지로 몰아넣었다. 선량한 시민들을 유인해 맹목적으로 추종하게 만든 사이비 전도사를 관내에 방치하는 것은 안 될 말이었다.

철공장이가 유치장에 들어가 즉결심판을 기다리고 있다는 소식은 소마의 귀에도 들어갔다.

도망친 양호나 따라온 소마나 앞으로의 계획 같은 건 없었다. 양호는 자신의 창고 방으로 소마를 데리고 가 숨소리도 내지 않고 숨어 있었다. 사실, 숨소리도 내지 않고 싸웠다는 편이 맞았다. 수원역으로 가겠다는 소마를 양호가 몇 번이나 주저앉히고, 그러다보니 몸싸움이 시작되고, 어쩌다보니 용연에서 일어났던 월식이 창고 방에서 일어나기도 했다.

삼 일째 되던 날 방문이 벌컥 열렸다. 뜻밖에 반석 의사였다. 의사는 철공장이를 면회하고 오는 길이었다. 박양호를 찾아봐달라는 부탁을 받고 갈빗집으로 갔더니 주인이 심드렁하게 대답했다. 어디 있겠슈, 지 방에 있겠쥬.

의사에게 자초지종을 들은 소마는 자리를 박차고 일어났다. 아빠가 수태고지니 뭐니 헛소리를 할 때 미리 알았어야 했다. 조용히 미혼모가 되는 편이 훨씬 나았다.

"뭘 어쩌려구. 너도 유치장에 갇혀. 차라리 나랑 수원역으로 가."

양호가 소마를 붙잡았다.

"양호 말이 맞다. 널 찾았다 해서 허위 사실 유포죄가 없던 일이 되지는 않을 거다. 더구나 기도원 신도들이 저렇게 떠드는데 경찰도 쉽게 물러설 수 없게 돼버렸다. 네가 거기 가서 무슨 일을 할 수 있겠니. 아버지에게는 내가 소식을 전하마."

의사도 만류했다. 하지만 소마에게는 재주가 있었다. 입에서 나오는 대로 말하는 재주였다.

"살인범에게 강간당해 임신했어요."

파출소에 들어가자마자 소마는 경찰에게 또박또박 말했다. 경찰은 눈을 커다랗게 떴다. 지난번 살인범이 겨우 잡혔는데, 이제는 소녀를 강간해 임신을 시켰다니. 철공장이의 입보다 백배는 위험한 입을 가진 여자애였다.

"신이 생명을 주셨다고 말하는 게 나을 것 같아서 그랬어요."

경찰은 어떻게든 자기 선에서 마무리짓는 게 나을 줄 알면서도 요 당돌한 여자애에게 호락호락 넘어가주고 싶지 않았다.

"부흥회에서 네가 한 일은 알고 있다. 너도 공범이라는 뜻이다."

"살인범의 얼굴을 봤어요. 당장 그릴 수도 있어요."

요것 봐라.

"얼굴이 검고, 턱수염이 지저분하고 살집이 좀 붙은 오십대 남자냐?"

경찰의 말에 소마가 고개를 끄덕였다. 매스컴이 요란하게 떠든 덕에 살인범의 얼굴을 모르는 사람은 없었다. 혹시나 했던 경찰은 혀를 찼다.

"그래서, 네 뱃속에 있는 게 살인범 아이라는 거냐? 박양호는 네가 제 아이를 가졌다고 주장했다던데? 네 부친은 절대 사실이 아니라 하더구나. 누가 거짓말을 한 거냐?"

아비의 말을 부인하면 아비를 구할 길이 없게 된다. 그렇다고 양호를 이실직고할 마음은 없었다. 여태껏 숨겼는데 하필 이곳에서 실토하다니. 소마는 마음을 가다듬었다.

"……신의 아이를 가졌어요."

때가 이르매, 소마는 신의 아이를 받아들였다.

"그러니까, 살인범의 아이는 아니라는 거지?"

경찰이 만족스럽게 되물었다. 처녀가 아이를 가졌다면 당연히 신의 아이여야 했다. 살인범의 아이라니. 누가 들어도 코웃음칠 일 아닌가.

저녁 무렵 소마는 철공장이와 함께 풀려났다. 그때까지 밖에서 기다리고 있던 신도들이 수건을 흔들며 환호했다.

부흥회가 다시 열렸다. 신도들은 다섯 배로 늘었다. 소마는 기도원 천막을 전보다 더 넓게 펼쳤다. 양호는 철공장이이자 전도사에게 특별히 별 딱지 스무 개를 받았다. 면죄부였다.

A28

"포클레인이야!"

땅을 뚫는 천공기 소리가 이럴까. 시연의 새된 소리에 그녀는 어깨를 움찔했다. 아차, 싶었을 때는 늦었다. 무동을 타고 있던 시연이 중심을 잃으며 기우뚱 뒤로 넘어갔다. 시연이 그녀의 목덜미를 향해 손을 뻗은 것과, 그녀가 시연의 종아리를 잡아챈 것은 거의 동시였다.

툭.

목에서 뭔가 끊기는 소리가 났다. 공사장 펜스 너머로 포물선을 그리며 반짝 사라지는 게 있었다. 목걸이였다. 그녀는 멍하니 허공을 바라봤다. 목걸이에 매달린 열쇠가 허공의 한 지점을 열어젖히기라도 한 것처럼.

그건 아버지에게서 훔친 것은 아니지만, 아버지의 것이 틀림없었다.

시연이 포클레인에 빠진 것은 K지구로 이사온 뒤부터였다. 그녀는 돈을 불리는 재주는 없었지만 돈을 쓰는 재주도 없었다. 그덕에 통장에 돈이 모였다. 남편의 퇴직금과 적금 만기로 목돈을 쥐게 되자 그들은 2001년식 레조를 몰고 K지구로 향했다. 부동산경기가 비관적이라는 전망에도 불구하고 인터넷 카페에서는 K지구 투자에 대한 기대감이 고조되고 있었다. 한 달 수천만원의 수익을 올리고 있다는 댓글도 심심찮았다. K지구로 가는 대로변에는 '수도권 마지막 대규모 택지개발지구'라 적힌 플래카드가 펄럭였다. 십팔만 킬로미터를 뛴 레조는 신호 대기마다 쿨럭였다.

부동산 중개인이 엘리베이터에서 이십삼층 버튼을 누르자 그녀는 지레 눈을 감았다. 그들은 엘리베이터도 없는 일산의 저층 아파트에서 십 년을 살아왔다. 이십삼층이라니. 진입이 불가능할 것만 같은 높이에 잠을 자다가도 아찔할 듯했다.

우려는 아파트 거실에 들어섰을 때 말끔히 사라졌다. 거실 창을 통해 K지구 부지가 한눈에 들어왔다. 부동산 중개인이 도면을 거실 바닥에 펼쳤다.

"일억만 있으면 전세 끼고 세 채를 살 수 있어요. 부동산 임대업이 별거 아닙니다. 젊은 사람들이 너도나도 갭 투자에 뛰어드는 이유가 뭐겠습니까?"

멀리 A7 구역은 공원 공사가 한창이었다. 갤러리와 야영장, 수변 놀이시설이 갖춰진 공원이 완성될 거라 했다. 아직 호수엔 물이 차지 않았고 주변에 심은 나무는 묘목에 불과했다. 한강으로 이어지는 산책길도 붉은 흙무더기를 드러내고 있었다. 단지 진입로에는 포클레인과 콘크리트 펌프 트럭, 자재를 가득 실은 트럭들이 좌회전 신호를 기다릴 새도 없이 내달렸다. 텅 빈 부지에는 곧 비산 먼지가 편지처럼 날아들 것이고 창밖의 포클레인은 무쇠 팔을 흔들어 보이며 그녀에게 약속할 것이다. 머잖아 그녀의 이십삼 층 거실이 꿈의 도시 위로 떠오를 것이란 다짐이었다. 세 대의 곤돌라가 시계 방향으로 천천히 돌았다.

새로 새긴 인감도장은 그녀의 이름을 산뜻하게 찍어냈다.

초등학생인 시연은 매일 아침 지게차와 포클레인과 팔 톤 트럭들 사이로 아슬아슬 길을 건너 학교에 갔다. 포클레인은 도로를 가로지르거나 땅을 파거나 그저 서 있기만 해도 아이의 시선을 끌었다. 시연은 지각하기 일쑤였다. 그녀가 아침마다 손을 잡고 학교에 데려다주자 한동안 지각은 면했다. 그러다 또다시 '지각이다!' 퍼뜩 깨달은 날엔 그녀와 시연이 손을 잡은 채 나란히 포클레인을 따라가고 있었다.

"각인 효과 같은 거 아냐?"

퇴근한 남편이 잠든 시연을 걱정스레 내려다봤다. 남편의 어깨

는 택배를 나르느라 한쪽으로 기울어졌다. 늦은 결혼에 아이까지
생기자 남편은 월급쟁이 생활을 불안해했다. 이 년 전엔 회사를
그만두고 배송 차량을 구입하는 조건으로 중소 택배회사의 영업
소를 인수받았다. 남편은 일 톤 탑차에 올라 새벽부터 밤늦게까지
일했다. 배송 차량을 세 대까지 늘려 영업소를 어엿한 규모로 키
우는 게 그의 목표였다. 그녀는 남편이 눈을 붙이는 동안 주차장
으로 내려가 운전석 구석구석 먼지를 닦고 워셔액을 분사해 차창
도 말끔히 닦아냈다.

"왜, 있잖아. 알에서 깬 오리가 처음 눈앞에서 움직이는 걸 평생
엄마라고 생각하고 따라다닌다잖아. 사방이 건설 장비들뿐이니 거
기 빠진 게 아니냐고. 설마 평생 포클레인만 졸졸 따라다니는 건
아니겠지? 얘는 그렇다 쳐도, 당신까지 그걸 따라가면 어떡해?"

"이야……"
이른 아침, 코를 훌쩍이며 대문을 연 그녀는 입을 딱 벌렸다. 그
녀를 덮친 것은 산만한 쇳덩이가 드리우는 검은 그림자였다. 거대
한 쇳덩이는 무쇠 팔 끝에 바가지를 달고 있었는데, 끝이 손톱처
럼 뾰족하게 갈라져 있었다. 바가지가 아니라 버킷이라고 부른다
는 건 나중에 천기사에게서 들었다. 쇳덩이는 움직일 줄 몰랐다.
거친 흙이 묻은 바가지, 토사와 골재에 함부로 긁힌 몸체. 우울한
짐승처럼 포클레인은 엎디어 있었다.

그녀는 고개를 바짝 세우고 포클레인을 올려다봤다. 맑은 콧물이 주르륵 흘렀다. 길게 자란 앞머리가 두 눈을 찔렀다. 놀라움이 눈물이고 감탄이 콧물이라면 두 가지가 뒤죽박죽 섞인 맛은 찝찔한 짠맛이었다.

그날 아침이 천기사가 포클레인을 처음 대문 앞에 세운 날이었는지, 전에도 봤었는지, 어째서 아침 댓바람부터 콧물 흘리는 어린애가 혼자 대문을 열었는지는 확실치 않다. 어쨌거나 그녀의 기억 속에서 그날은 분명 첫날이었으며, 단단히 각인 효과에 걸려든 날이기도 했다.

아버지는 짧게는 보름, 길게는 몇 달씩 천기사와 공사 현장에서 살았다. 운전은 천기사가 하는데 아버지는 무슨 일을 하느라고 포클레인을 따라다닐까? 궁금하긴 했지만 그저 남들이 아버지를 사장이라고 부르니까 사장이 하는 일이 있으려니 여겼다.

앞집 사는 용희 아버지는 사막에 가서 낮에는 천막을 치고 자고 밤에 횃불을 들고 일한다고 했다. 용희가 "너희 아버지는 무슨 일을 하니?" 물었을 때 그녀는 이렇게 대답할 수밖에 없었다. "얘! 사장이 무슨 일을 하니? 우리 아버지는 사장이라니까!"

아버지가 무슨 일을 하는지 알려준 사람은 용희 엄마였다. 마실 온 용희 엄마가 마루에서 엄마와 얘기하다 말고 엉뚱하게 안방에 한가로이 누워 있던 그녀에게 목소리를 높였다.

"좋겠네, 진이는. 늬 아부지는 포클레인으로 돈을 긁어 담는다."

천장에 쥐 오줌 자국을 따라 세계지도를 그리던 그녀는 사장의 할일이란 게 그런 거구나, 고개를 끄덕였다. 그러다 벌떡 일어나 앉아 분한 마음에 악악 울었다. 용희가 저희 엄마한테 가서 흉을 본 게 틀림없었다. 진이는 즈이 아빠가 뭐하는지도 모른다면서.

"쟈가 자다 놀랐나부네."

엄마가 부랴부랴 찬물을 들고 방으로 뛰어들었다. 스테인리스 대접에 송골송골 맺힌 물방울이 그녀의 이마 위로 똑 떨어졌다.

전국이 공사판이었다. 그녀의 돌잔치 때도 아버지는 출장에서 돌아오지 못했다. 서울에서부터 이어지는 고속도로를 닦다 부산이 가까운 소도시에서 전보를 보내왔다고 했다. 벽에 걸린 액자 뒤에는 그때의 전보가 소중히 끼워져 있었다. '축 돌!' 아버지가 그녀에게 준, 생애 가장 다정한 두 글자였다.

대낮에 어른 키가 훌쩍 넘는 펜스를 볼썽사납게 넘을 수는 없었다. 이상한 꼴을 보이면 사는 동안 입주민 모임에서 얼굴을 들 수 없게 된다. 입주민들은 정기적으로 총회를 열어 인근 지하철역 이름을 역세권 명을 따 변경하도록 민원을 넣어야 한다느니, 얼마 이하로는 집을 매매하지 말아야 한다느니, 필사적으로 시세를 방어하고 있었다.

펜스를 빙 돌아 반대편 출입구를 찾았지만 단단히 자물쇠가 잠겨 있었다. 공사장 관리자는 보이지 않았다. 일단 집으로 올라가

밑을 내려다보면 목걸이가 떨어진 곳이 어디쯤인지 감이라도 잡힐 것 같았다. 풀이 죽은 시연은 우산을 흙바닥에 질질 끌고 따라왔다. 비 예보가 있어 우산을 쥐여 보냈는데 아직 빗방울은 떨어지지 않았다. 진흙탕이라도 되면 큰일이었다.

A26 구역에 있는 그녀의 이십삼층 아파트 거실에서는 A28 구역이 한눈에 내려다보였다. A28 구역에는 미국에 본사를 둔 컴퓨터 하드웨어 회사의 디자인 센터가 들어설 예정이었다. 당장이라도 우뚝우뚝 건물들이 들어설 것 같았지만 이사온 지 일 년이 넘도록 아무 소식이 없었다. 드디어 착공식이 열린 날엔 아침 일찍부터 꽹과리 소리가 들리더니 오후가 다 돼서야 소음이 잦아들었다. 그뒤 석 달이 넘도록 A28 구역은 잠잠했다.

텅 빈 부지엔 착공식 때 끌어다놓은 공사 장비가 여러 대 멈춰 있었다. 덤프트럭 옆엔 굴삭된 토사를 트럭에 싣는 로더가 있었다. 노란색 포클레인도 한 대 보였다. 모서리가 둥근 정사각형 몸체, 후면에 찍힌 알파벳 첫 글자는 멀리서도 H임이 분명했다. 노란 포클레인은 같은 H사 것이라도 대당 일억원이 넘는다는 9 시리즈와는 비교도 되지 않는 노후한 모델이었다. 일제 얀마 3기통. 삼십팔마력짜리 엔진. 흙을 퍼내는 버킷을 땅에 축 늘어뜨린 모습은 묘한 연민을 불러일으켰다. 창밖의 포클레인은 틈날 때마다 시연의 눈길을 사로잡았다. 오늘 기어이 모녀를 펜스 앞에 세워둘 때까지.

그녀는 베란다 난간에 기대 A28 구역을 내려다봤다. 혹시 포클레인 운전석에 기사가 앉아 있는지 분간이라도 해봐야 했다. 사람을 봐야 사정 얘기를 해볼 수 있을 것이다. 먹구름이 몰려왔다. '비가 오락가락하는 날은 공치는 날이야, 퉤!' 천기사가 거칠게 내뱉는 소리가 들리는 것 같았다.

현장에서 돌아오면 천기사는 문간방에서 잤다. 말 그대로 하루 종일 자기만 했다. 천기사가 문간방을 나온 적이 있긴 했다. 아버지의 우렁우렁한 목소리가 불러낸 것이었다.

그날의 기억은 한 장면에서 시작된다. 아버지는 마루와 방을 오가면서 감색 넥타이를 매느라 이렇게 저렇게 돌렸다. 엄마는 마루에 다리미판을 내놓고 한복 저고리를 다리느라 부산했다. 그녀는 마당에 서서 두 사람을 쳐다봤다. 낡은 사진첩을 넘기듯 첫 장면은 다음 장면을 불러왔다.

아버지의 두텁고 거무튀튀한 입술이 말했다.

"어이, 천기사 일어났나?"

"……예에……"

천기사의 목소리가 창호 문 안에서 우우웅 돌았다.

"오늘 진이 영화 구경 좀 시켜주게."

지방에 사는 친척의 결혼식에 급히 연락을 받고 가느라 혼자 남게 된 어린 딸을 부탁하는 거였다. 그녀는 자신의 두 다리를 내려다봤다. 하얀 타이츠가 신겨 있었다. 다시 고개를 들어 아버지를 물끄러미 바라봤다. 아버지는 맥없이 매듭이 풀리는 넥타이를 휙 잡아채며 냅다 소리쳤다.

"야! 천기사!"

드르륵 미닫이문을 여는 소리에 뒤이어 게으르게 슬리퍼를 직직 끄는 소리가 들렸다. 천기사는 좋다, 싫다 말없이 마당 수돗가로 나와 콸콸 쏟아지는 수돗물에 머리통을 집어넣고 씻기 시작했다.

천기사가 그녀를 데리고 간 곳은 사거리에 있는 영화관이었다. 사마귀 권법과 원숭이 권법이 대결하는 영화였다. 다리를 쫙 벌리고 선 백발 사내와 정신없이 펄쩍펄쩍 뛰는 사내의 싸움은 지루하기 짝이 없었다. 옆자리에 앉은 천기사에게선 지독한 땀냄새가 풍겼다. 그녀는 코를 싸쥐고 자막을 읽으려 애썼지만 받침 없는 글자만 가려내기에도 벅차서 도무지 무슨 내용인지 알 수 없었다. 영화관 간판에는 버젓이 만화영화 포스터가 그려져 있었는데도 천기사는 한마디 상의도 없이 표를 끊었다.

그녀가 보고 싶은 영화는 〈로보트 태권브이〉였다. 용희가 먼저 보고 와서 게거품을 물고 자랑했기 때문에 줄거리는 훤히 꿰고 있었다. 태권브이는 텔레비전에서 본 마징가와 꼭 닮았지만 훨씬 기운이 셌다. 주먹만 발사되는 마징가에 비해 태권브이는 발차기를 하면 다리도 발사된다고 했다. 카프 박사의 붉은 별 군단 로봇들이 집과 건물을 파괴하기 시작하면 태권브이는 반드시 도시 밖으로 적을 유인해 싸운다. 그건 태권브이가 우리 편이라는 증거였다. 도시는 결코 파괴돼선 안 되니까.

그녀는 극장 간판에 그려진 태권브이의 우람한 모습을 떠올렸다. 흐뭇했다. 흐뭇하면 할수록 천기사가 괘씸했다. 손에 쥔 영화표를 꾸깃꾸깃 접어 주머니에 넣었다. 집에 가서 아버지 코앞에 들이밀 작정이었다. 천기사는 이제 쫓겨날지 모른다. 어린애에게 싸움질이나 하는 걸 보여줬으니까.

그렇게까지 하려니 천기사가 불쌍하단 생각이 들었다. 그녀는 흘긋 천기사를 봤다. 그는 무릎까지 오는 누런 반바지 아래 딴딴한 장딴지를 맘 편히 벌리고 자고 있었다. 끈이 너덜너덜한 검은 슬리퍼 밖으로 무지막지하게 긴 엄지발가락을 부끄럼 없이 내민 채로.

천기사의 발톱은 포클레인의 손톱만했다. 어마어마한 그 발톱으로 흙더미를 후벼파고도 남을 것이다. 어쩌면, 천기사는 발톱을 까딱까딱 움직여 포클레인의 손톱을 조종할지도 모른다! 로봇 태권브이도 훈이와 영희가 조종석에 들어가야 비로소 움직이니까. 게다가 조종석 3번 단추를 누르고 훈이가 태권도를 하면 태권브이도 훈이와 똑같이 발차기를 날리고 주먹을 찌른다고 했다. 그것이야말로 마징가에게는 없는 태권브이만의 무기였다.

천기사가 발톱을 까딱한다. 포클레인이 팔을 까딱한다. 천기사가 사마귀 자세를 취하면 포클레인도 팔을 꺾고 사마귀 자세를 취한다. 천기사가 코를 골면 포클레인도 크어헉 크어헉……

슬리퍼를 질질 끌고 가는 천기사를 따라 집으로 돌아오는데 대문 밖까지 아버지의 목소리가 들렸다. '……나! ……나!' 소리가 들리긴 하는데 하도 커서 무슨 소린지 알 수 없었다. 엄청나게 화가 났다는 것만은 확실했다. 사마귀 사내와 원숭이 사내가 싸움질을 하는 동안 아버지와 엄마는 먼 곳에서 한다는 결혼식에 벌써 다녀온 것일까.

천기사는 턱짓으로 그녀에게 먼저 들어가라 시키곤 반바지에 손을 찔러넣은 채 골목을 빠져나가기 시작했다. 그녀는 달려가 누런 바짓자락을 잡았다.

그녀가 고개를 치켜들고 천기사를 올려다봤다.

들어가라구?

천기사가 내려다봤다.

어쩌라구?

햇볕이 따가웠다. 천기사는 대문 앞에 엎드려 있는 포클레인 운전석으로 올라갔다. 볕을 피해 들어갈 곳이라고는 거기밖에 없었다. 그녀는 포클레인 발판에 기어올라 걸터앉았다. 운전석에 오를 때 딛고 오르는 발판이었다. 그녀는 뒤통수에 천기사의 발톱이 닿을까봐 엉덩이를 최대한 뒤로 뺐다. 오 분쯤 지나자 무료했다. 슬슬 엉덩이도 아파오기 시작했다. 천기사가 운전대에 팔을 대고 엎드렸다. 그녀는 발가락을 까딱까딱 움직였다.

그때였다. '커어헉' 하는 소리가 나더니 포클레인이 팔을 번쩍 들었다. 이번엔 천천히 땅으로 내리더니 바닥을 긁는 시늉을 했다. 더 놀라운 것은, 천기사의 발톱이 들렸다 내렸다 하는 게 아닌가! 그 발톱은 포클레인 운전대 아래 토끼 발처럼 생긴 것 위에 놓여 있었다. 발판에 쭈그려앉은 그녀에게는 무지막지하게 큰 천기사의 발톱만 보였다.

정말 천기사는 발톱으로 포클레인을 움직여 땅을 파는구나! 발톱만 까딱했는데 집채만한 포클레인이 몸을 일으키는구나!

코끝에서 작은 돌개바람이 일었다. 그 냄새였다. 천기사가 태연히 퍼뜨리던 냄새. 영화관에서보다 열 배는 독했다. 어쩐지 싫지 않았다. 심장이 스포이트처럼 꾹꾹 조였다. 콧구멍이 흡흡 냄새를 빨아들였다. 기분좋게 짜부라드는 느낌이었다.

갑자기 천기사가 그녀에게 얼굴을 바짝 들이댔다. 입을 크게 벌리더니 '크아' 겁을 줬다. 그녀는 발판에서 폴짝 뛰어내려 집으로 뛰었다.

그녀가 대문을 열고 들어섰을 때 아버지는 마루에서 맨발로 마당에 내려섰다 올라섰다 하며 소리를 지르고 있었다. 감색 넥타이가 펄럭였다.

"내놔! 내놔! 왜 안 내놔!"

엄마는 한복 치마만 겨우 두른 채 벽을 보고 앉아 있었다. 저고리는 다리미판 위에 널브러져 있었다. 엄마의 어깨에 브래지어 끈과 치마끈이 나란했다. 네 줄 끈 사이로 도톰한 살집이 부풀어 보였다.

그녀는 댓돌 위에 신을 벗어놓고 방으로 들어갔다. 무섭지는 않았다. 아버지가 일으키는 소란이 그녀를 곤란하게 하기는 했어도 위험에 빠뜨린 적은 없었다. 배려라기보다는 무관심이었다. 그녀는 아버지가 이번에도 무심해주었으면, 세상에 내가 있다는 것을 싹 잊었으면, 그래서 나에게 달려들지 말았으면, 바랐다. 그래서 아버지가 우악스럽게 그녀의 어깨를 잡고 흔들었을 때 이상할 수밖에 없었다. 어째서 내가 보이는 것일까, 아버지는. 이렇게 표정도 꽁꽁 숨기는데.

"엄마가 돈 둔 곳이 어디니? 그게 어디야?"

그녀는 엄마가 장롱 이불 사이에 돈다발을 넣는다는 걸 알고 있었다. 그녀는 고개를 저었다. 아버지가 그녀의 어깨를 잡고 함부로 흔들었다.

"왜 몰라, 그걸 왜 몰라! 한 방에 자면서 왜 몰라!"

아버지가 출장을 가면 그녀는 엄마와 단둘이 잤다. 아버지가 오면 잠자리가 좁아지는 게 싫었다.

"내놔! 내놔! 왜 안 내놔!"

······나! ······나! 언제까지고 이어질 것 같은 소리는 착! 소리와 함께 끝났다. 참다못한 엄마가 이불 사이에서 돈다발을 꺼내 방바닥에 패대기친 것이었다. 방바닥에서 바람이 확 일었다 내뺏

다. 돈다발이 돗자리처럼 펼쳐졌을 때 그녀는 왜 그 푸른 돗자리 위에 벌렁 드러눕고 싶어졌을까.

아버지는 그녀를 뒹굴뒹굴 굴려가며 돗자리를 접었다. 그녀의 얼굴에, 등짝에 돗자리가 들러붙었다. 저리 가라, 저리 가. 아버지가 굴리는 대로 순순히 그녀는 방바닥을 굴러다녔다. 아버지, 내가 보여요? 내가 보여요?

그녀는 베란다 난간 아래로 허리를 깊숙이 숙였다. 아이 힘이 아무리 세다 해도 열쇠는 멀리 날아가지 못했을 것이다. 덤프트럭과 포클레인 중간쯤 떨어졌을 가능성이 컸다. 문제는 공사장을 빙 둘러 쳐놓은 펜스였다. 적당한 받침대만 있으면 어렵지 않게 넘을 수 있을 것 같은데 주변엔 마땅한 게 보이지 않았다.

시연은 슬며시 제 방으로 들어가 나오지 않았다. 침대 밑에서 인형이나 껴안고 있을 것이다. 시연의 침대는 매트리스 밑으로 일 미터쯤 놀이 공간이 있는 이층 침대였다. 잠을 자려면 사다리를 올라야 했다. 사다리? 침대 사다리라면 딛고 오를 만했다. 저녁 어스름 인적이 뜸해지면 침대 사다리를 딛고 펜스를 넘을 수 있지 않을까.

그녀는 머리카락을 한데 묶으려 손가락빗으로 쓸어내렸다. 두피에서 흙이 버석버석 만져졌다. 텅 빈 부지는 바람 없는 날에도 흙먼지를 일으켰다. 작은 야산을 사이에 두고 멀리 C구역이 보였다. 대치동 부럽지 않을 거라는 학원가, 대기업 연구단지가 줄줄이 옮겨온다던 비즈니스 센터 부지는 여전히 아무런 움직임이 없었다. 몇몇 사업은 축소되거나 아예 폐기될 가능성이 있다는 뉴스도 나왔다. 그녀는 의무 보유 기간을 넘긴 뒤 시세차익을 남기고 집을 팔 셈이었다. 은행에서 대출받을 금액을 써넣을 때 삼 년 동안 부담해야 할 이자까지 계산에 넣었다. 아파트 시세는 대출금의 이자가 불어나는 속도를 앞질러야 했다. 삼 년 동안 이 지역은 착실히 성장해야만 했다. 이대로라면 남편의 택배 차량까지 팔아야 할지 모른다. 이자가 밀리고 생각만큼 집값이 오르지 않으면 다른 수가 없었다. 차를 넘긴다고 생각하니 견딜 수 없이 초조했다. 그녀는 허공으로 팔을 쭉 뻗어 마리오네트를 조종하듯이 손가락을 움직였다. 천기사의 발톱이 아니면 포클레인은 꼼짝도 하지 않을 태세였다.

집에 불이 난 것은 박정희 대통령이 사망한 것과 비슷한 시기에 일어난 일이었다. 누군가의 총구에서 불현듯 날아온 총탄처럼 한밤중에 불씨가 날아들었다.

언제부턴가 아버지는 천기사 없이도 출장을 가는 날이 잦아졌다. 집을 나가면 일주일이고 보름이고 돌아오지 않았다. 포클레인이 집 앞에 있으니 천기사는 다른 곳에 갈 수도 없었다. 언제든 아버지가 출장을 가자고 하면 그 발톱으로 포클레인을 움직여야 했다. 아버지가 없는 동안 천기사는 매일 밤 문간방 밖으로 소주병을 내놓았다.

포클레인은 늘 있던 자리에 버려져 있었다. 축 늘어진 팔이 그녀에게 손짓하는 것만 같았다. 그녀는 포클레인 운전석으로 기어올라갔다. 천기사의 발톱이 있던 자리로 발을 뻗었다. 발만 닿는다면 지붕을 뚫고 담벼락을 내리치고 사거리 극장까지 무너뜨릴 수 있을 것 같았다. 조금만 쭉, 조금만 더 쭈욱…… 포클레인은 죽은 듯 엎디어 있었다.

마실 오던 용희 엄마가 포클레인 운전석에서 괜한 용을 쓰는 그녀를 봤다. 용희 엄마는 냉큼 집안으로 들어가 목소리를 높였다.

"아이고, 형님. 뽀끄렌 같은 걸 위험하게스리, 진이를 그냥 내버려두세요?"

포클레인을 멀리 떨어진 공터에 주차해놓으라고 돌려 말하는 거였다. 아무리 말려도 용희는 걸핏하면 포클레인에 매달려 놀았다. 그러다 꼭 종아리나 팔뚝 같은 델 긁히고는 동네가 떠나가라 울곤 했다. 엄마도 그걸 모르지 않아서 아버지에게 몇 번 말했지만 소용없었다. 아버지는 고집스럽게 포클레인을 같은 자리에 두었다. 전 재산이나 다름없는 포클레인을 집에서 뚝 떨어진 공터에 내놓는 걸 마땅찮아했다.

불똥이 튀기 전 그녀는 포클레인에서 날쌔게 내려와 집으로 들어갔다. 마루에 얌전히 앉았는데도 용희 엄마는 마당 수돗가에서 상추를 씻는 엄마에게 착 달라붙어 하던 얘기를 멈추지 않았다.

"형님, 이제라도 천기사 시켜서……"

"포클레인이 저 혼자 움직여서 진이를 업어가기라도 하나? 열쇠로 시동을 걸어야 움직이지!"

엄마가 퉁명스럽게 내뱉었다. 용희 엄마는 입을 쑥 뺐다.

열쇠. 열쇠가 있어야 포클레인이 살아나는구나. 그녀는 천기사가 수돗가에 쭈그리고 앉아 세수를 할 때 바지 주머니에서 열쇠를 빼놓는다는 걸 알고 있었다. 열쇠가 허벅지를 찌르기 때문이었다.

그녀는 천기사가 방에서 나오길 기다렸다. 천기사는 저녁 밥상을 받기 전 느지막이 밖으로 나왔다. 곧장 수돗가로 가 쭈그려앉더니 열쇠를 비눗갑 옆에 꺼내놓고 세숫대야에 얼굴을 박았다. 비눗기를 씻어내느라 그녀의 날랜 손을 눈치채지 못했다.

열쇠를 훔쳐 포클레인 운전석에 오르기는 했지만 막상 어찌해야 할지 몰라 그녀는 열쇠를 만지작거리기만 했다.

"그 열쇠 내 거지?"

언제 왔는지 천기사가 바로 곁에서 눈을 부라리고 있었다. 머리카락에서 물이 뚝뚝 떨어졌다. 그녀는 얼른 열쇠를 뒤로 감췄다.

"아냐. 아버지 거야!"

천기사의 낯이 흙빛으로 변했다.

"거짓말하면 혼난다."

"아냐! 거짓말 아냐!"

우리집 포클레인은 천기사가 아닌 아버지의 것이다. 포클레인 열쇠도 아버지 것이다. 절대 천기사 것이 아니었다.

"이리 내놔!"

"……"

"정말 혼나봐야……"

천기사가 당장 후려칠 것처럼 손을 치켜올렸다.

"천기사, 너 애한테 뭐하는 짓이야!"

아버지다! 아버지가 날 구해주려 왔다. 그녀는 부리나케 포클레인에서 뛰어내려 아버지 등뒤로 숨었다.

천기사는 아버지에게 열쇠 대신 엉뚱한 얘기를 했다.

"부산에는 왜 혼자 가십니까? 그 집엔 왜 자꾸 가시는 겁니까?"

아버지의 우람한 손이 다짜고짜 천기사의 뺨을 후려쳤다. 가벼운 바람이 일어 그녀의 머리카락이 풀썩 날렸다.

"건방진 자식…… 니가 상관할 일이 아냐. 현장에 가 있어."

아버지는 주머니에서 열쇠를 꺼내 천기사에게 던졌다. 천기사의 부릅뜬 눈에서 시뻘건 게 쏟아지는 것 같았다.

"너! 천기사가 내놓으라는 게 뭐야. 이리 내놔."

천기사가 운전석으로 올라가자 아버지가 그녀에게 손바닥을 내밀었다.

"내놔!"

아버지가 재촉했다. '……나!……나!' 이제 곧 귀청이 찢어질

182

것이다. 천기사가 운전석에서 지켜보고 있었다. 그녀는 고개를 세차게 저었다.

천기사의 발톱이 포클레인을 거칠게 밟았다. 발끝까지 피가 뻗쳐 발톱이 시뻘겋게 보였다. 포클레인이 우우웅 깨어났다. 그녀는 주머니 속 열쇠를 꼭 쥐었다. 열쇠도 천기사처럼 뜨거웠다.

집에 불이 난 것은 그다음날이었다. 새벽까지 돌아오지 않는 아버지를 기다리느라 뜬눈으로 뒤척이던 엄마는 천장에서 후둑후둑 불똥이 떨어지는 소리를 들었다. 방문을 열고 보니 마루는 벌써 불길에 휩싸여 있었다. 엄마는 잠든 그녀를 이불로 둘둘 싸서 불길을 뚫고 나왔다.

잿더미로 변한 집을 다시 짓기 위해 아버지는 포클레인을 팔았다. 식구들은 새집을 짓는 동안 용희네 문간방에 세를 얻어 살았다. 아버지는 포클레인도 없이 긴 출장을 갔다. 혼자 남은 엄마는 일꾼을 부려 대들보를 세우고 지붕을 올리고 도배와 장판을 했다. 집을 다 짓고 나자 아버지가 돌아왔다. 아버지는 대문을 밀고 들어와 신발을 벗고 그대로 방에 들어가 벌렁 누워버렸다. 그리고 꼼짝도 하지 않았다.

아버지는 이불을 뒤집어쓰고 먹는 대로 몸을 부풀렸다. 몸은 점점 커지는데 이상하게도 점점 쭈그러드는 느낌이었다. 새집을 지을 때 엄마는 마당의 덩굴장미와 라일락을 뽑아내고 그 자리에 창고를 지었다. 창고에 연탄과 쌀을 들여놓고 팔았다. 연탄 배달도 쌀 배달도 엄마 혼자 해냈다. 종일 연탄을 나르다보면 발톱까지 까맣게 물들었다. 엄마는 밤이면 손톱 발톱을 잘랐다. 까만 발톱이 튕겨 날아가면 그녀는 무릎걸음으로 방바닥을 기어다니며 찾아냈다. 가끔 이불을 들추고 아버지의 발톱을 깎았다. 깎아낸 발톱은 아버지에게 꼭 보여줬다. 아버지, 보세요. 이만큼 자랐어요. 그때마다 아버지는 부끄러운 듯 눈을 돌렸다. 군인들이 새벽에 총을 쏘고 장군이 대통령이 되어 텔레비전에서 연설하는 것을 아버지는 이불 속에서 빠짐없이 지켜봤다. 그녀가 유년 시절을 흘려보내고 청소년기를 지나 취직할 나이가 되도록 아버지는 그녀가 자라는 모습을 짐작으로 알아볼 뿐이었다.

기어이 비가 흩뿌리기 시작했다. 아직 초저녁이었지만 더 기다렸다가는 목걸이가 진창 속에 묻힐 것이다. 그녀는 땅 깊숙이 사다리를 박았다. 펜스에 사다리를 걸치기만 하면 될 줄 알았는데 자꾸 미끄러졌다. 하얀 사다리에 진흙이 묻고 도장이 벗겨졌다. 당장이라도 경비원이 달려나올 것 같아 마음이 급했다. 어느 모로 보나 건설 장비를 훔쳐갈 사람으로 보이진 않겠지만 구구절절 설명해야 하는 게 달가운 상황은 아니었다.

가까스로 사다리를 딛고 펜스를 넘었다. 떨어질 때 흙무더기를 잘못 디뎌 발목을 접질렀다. 가로등 불빛이 희미해 바닥이 잘 보이지 않았다. 손전등을 챙겼으면 좋았을걸, 남의 눈을 피해 빨리 목걸이를 찾아올 생각만 했다.

포클레인 운전석은 비어 있었다. 그녀는 포클레인과 덤프트럭 사이, 목걸이가 떨어졌을 법한 자리를 가늠했다. 땅은 이미 진창이 돼 발이 푹푹 빠졌다. 눈으로만 훑어선 찾을 가망이 없었다. 그녀는 쪼그려앉아 맨손으로 진흙을 파기 시작했다. 철벅철벅 진흙이 얼굴에 튀었다.

"버킷으로 한 삽만, 한 삽만 푹 퍼내면 될 일을······"

그녀는 무릎을 꿇고 손톱을 진흙 속에 푹푹 박았다.

천기사를 다시 본 것은 십여 년 전이었다.

환갑을 바라보는 천기사가 양복을 입은 모습은 어색했다. 컨테이너 박스 안에서 먹고 자면서 야적장의 건설자재 지키는 일을 하고 있다고 했다. 엄마는 천기사를 거들떠보지도 않았다. 하대는 했어도 쌀쌀맞게 대할 엄마가 아니었다. 천기사는 개의치 않았다. 유유히 조의금 봉투를 꺼내 이름을 적고 아버지 영정 앞에 향을 피웠다. 검은 양말 안에서 그의 발톱은 전혀 기가 죽지 않은 것처럼 보였다.

천기사는 성큼성큼 장례식장을 빠져나갔다. 배웅을 하려고 그녀가 바삐 뒤따라갔다. 병원 밖에 천기사의 아내로 보이는 여자가 기다리고 있었다. 화장기 없는 얼굴에 수수한 옷차림, 짧은 커트 머리를 하고 있었다. 지닌 것을 완전히 소진해버린 느낌을 주는 여자였다. 여자가 손수건을 꺼내 천기사의 얼굴에 가져갔다. 눈물인지 땀인지 닦아내는 것 같았다. 그녀는 멀리서 돌아섰다. 천기사도, 천기사의 아내와도 특별히 나눌 말이 있을 것 같지 않았다.

빈소로 돌아오자 일손을 돕던 용희 엄마가 무릎걸음으로 다가와 속삭였다. 불나던 밤에 천기사를 봤다는 사람이 있었다고.

"수산시장에 일하러 다니던 양씨가 늬 엄마한테 찾아와 미안하다고 하더란다. 그놈이 해코지할까봐 증인은 못 선다고. 집에 불만 안 났어도 뽀끄렌을 팔지 않았을 거고, 늬 엄마 그 고생은 안 했지. 안 그러우 형님?"

용희 엄마가 엄마의 팔꿈치를 슬쩍 건드렸다.

"쓸데없는 소리 하지 말고 문상객 들이닥치기 전에 이거나 치우게."

엄마가 육개장 그릇에 샐러드와 고사리나물, 전유어를 한꺼번에 섞었다. 마요네즈가 둥둥 떠올랐다.

"형님두, 이제 돌아가신 양반인데 진이도 알면 뭐 어때요. 나중에 천기사가 그년이랑 살림까지 차렸잖니. 그년이 앞에서는 늬 아빠한테 꼬리 치고, 뒤로는 천기사한테 제 집 열쇠까지 준 걸 알고 늬 아버지 알맹이가 홀랑 빠져서 그렇게 됐지 뭐냐. 한 번만 문을 열어달라고 그년 집 앞에서 밤새 버텨도 꿈쩍도 않더란다…… 맺힌 거 홀홀 털어놓고 당신 맘 편히 가시려구 그랬는지, 마누라 마음은 생각지도 않고…… 아버지 뇌경색인 건 알쟈? 참 뻔뻔두 하

186

지, 그래놓고 여길 나타나?"

그녀는 휘휘 섞이는 육개장을 멍하니 바라봤다. 아까 그 여자가 아버지의 여자일까. 아버지에게 열쇠가 있었다면 여자 집으로 들어가 벌렁 드러누웠을까. 알맹이를 빠뜨리지 않고 살 수 있었을까.

"그나저나 형님, 천기사 그 새끼는 뽀끄렌이 그거 하나만 있는 것도 아닌데 왜 굳이 그걸 사겠다고 불난 집에 찾아왔을까요? 늬 뽀끄렌 인수한 사람이 천기사잖냐. 불지른 걸로 모자라 기어이 그거까지 차지하겠다는 심보가 아니고 뭐겠니?"

엄마와 그녀에게 번갈아 말을 걸면서도 용희 엄마는 바지런히 손을 놀려 문상객이 남기고 간 빈 접시를 한데 모았다.

"이노무 여편네가 어서 이것 좀 치우라니까!"

엄마가 거칠게 그릇을 내려놓는 바람에 육개장 국물이 바닥에 튀었다.

"포클레인으로 돈을 퍼담을 줄 알았더니…… 추레한 입성을 보니 그도 아닌 모양이야……"

엄마가 걸레 대신 검은 치맛자락으로 국물을 느릿느릿 닦으며 말했다. 목소리엔 먼지 같은 회한마저 묻어 있지 않았다.

"형님두, 건설 경기가 요새 그만하나요? 예전에나 끗발 날렸지."

용희 엄마가 잰 손놀림으로 행주질을 하기 시작했다.

열쇠는 포클레인 체인 아래 처박혀 있었다. 엎드리다시피 두 손으로 진흙을 파헤친 끝에 찾을 수 있었다. 포클레인은 비에 흠뻑 젖은 채 그녀를 물끄러미 내려다보고 있었다. 천기사는 아버지에게서 그 여자도, 포클레인도 빼앗아갔지만 열쇠는 아니었다. 열쇠는 내내 그녀 손에 있었다. 천기사에게도, 아버지에게도 들켜선 안 됐다. 그녀는 포클레인을 향해 아버지의 유품을 들어 보였다. 노란 포클레인이 금방이라도 버킷을 치켜들어 머리를 쓰다듬어줄 것 같았다.

빗줄기가 거세졌다. 옷은 물론이고 머리칼까지 온통 진흙투성이였다. 그녀는 포클레인의 품으로 기어들어갔다. 발목이 시큰했다. 그제야 그녀는 펜스를 넘으려고만 했지 다시 나갈 마련은 해두지 못했다는 데 생각이 미쳤다. 공사장 문은 여전히 잠겨 있고 사다리는 펜스 밖에 세워둔 채였다. 비에 젖을까봐 휴대폰마저 집에 두고 왔다. 낭패였다.

그녀는 열쇠를 포클레인 시동 장치에 밀어넣었다. 포클레인이 움직이기만 하면 버킷을 번쩍 들어 그녀를 펜스 밖으로 넘겨줄 것 같았다.

"움직여라, 움직여. 제발, 제발 좀……"

그녀는 한번 더 거칠게 열쇠를 밀어넣었다. 아버지의 알맹이로도 포클레인은 꿈쩍하지 않았다.

"움직여, 움직여……"

천기사의 발톱만이 포클레인을 움직일 수 있었다. 발끝까지 피가 쏠린 천기사의 발톱만이 이 도시를 들어올릴지 몰랐다.

"한 번, 한 번만 더……"

그녀는 고집스럽게 열쇠를 쑤셔넣었다. 장대비가 쏟아졌다.

해설
김녕(문학평론가)

모두가
낭떠러지를
걸을 때

1

세계적인 저성장세 속에서 자산 가격은 폭등하고 노동 가치는 폭락한 요즈음. 만 이 년 가까이 계속되고 있는 코로나19 팬데믹 사태까지 겹쳐, 끝이 보이지 않는 터널을 통과하고 있는 듯한 시절이다. 이 시점에 찾아온 이경의 두번째 소설집을 펼쳐본 이라면 금세 깨닫게 될 것이다. 이 소설집은 우리를 비추는 '거울'이라는 사실을. 그만큼 소설 속의 세계는 지금 우리가 살아가는 세계와 소름 끼치도록 닮아 있다.

놀랍도록 시의적이고 또 서늘하리만치 예리하게 작금의 시대를 포착해낸 이경의 소설을 읽는 일은, 그래서 곧 우리 자신의 삶을 되돌아보는 일과 맞닿는다. 일상이 버겁고 미래를 상상하기 어려운 때일수록 거울을 들여다보며 자신을 살피는 일도 줄어들기 마련. 당장 발밑만 내려다본 채 한 발 한 발을 견뎌내기에 급급한 때에 짙은 어둠 속 거울을 자처하는 소설이 반가우면서도 한편으로 두려워지는 건 당연한 일일 터다. 거기에 우리 자신이 어떻게 비쳐질지 알 수 없으니까. 그래서 이경의 소설을 독파해나가는 건, 어쩌면 용기가 필요한 일이다.

하지만 때때로 눈을 질끈 감고 진실을 마주해야 하는 순간이 찾아오는 법. 그 순간에 이경의 소설과 함께라면, 우리는 무엇을 손에 쥐게 될까.

2

이 소설집에 실린 작품의 태반이 아직 사회경제적 기반을 제대로 잡지 못한 청년층을 그리고 있는 건 결코 우연이 아니다. 그들은 자신의 미래를 결정해야 하는 길목에 있기 때문에 누구보다 시류를 민감하게 읽고 반응해내는 존재들이다. 그런데 이경 소설에 등장하는 청년들은 미래를 그리기는커녕 당장의 경제적 갈급함 탓에 '임시직' 노동을 시작했다가, 그것에 '신분'처럼 붙박여버리는 현실을 온몸으로 보여준다.

가령 표제작인 「비둘기에게 미소를」의 '나'는 "비정규직을 전전하다 유치원 정교사 자격증을 따려"(10쪽) 하는 청년 노동자다. 그러나 아무리 목표가 현실적이고 그것을 위해 매진한다 한들 생활에는 유지비가 드는 법. '나'는 주 삼 일짜리 병원 협력업체 아르바이트 자리를 얻는다. 그러나 협력업체와 병원의 계약이 종료되자, '나'는 효용을 잃고 "공간과 시간, 인력의 낭비"(13쪽)가 되어버리고, 이리 밀리고 저리 치이다 결국 지하 사무실까지 밀려나는 처지가 된다.

여기서 '나'는 엉뚱하게도 옆 사무실의 시설물 관리 계장 '류'가 병원 몰래 돌보고 있던 비둘기를 떠안고 만다. 사람 좋은 '미소'를 띤 채 부탁을 빙자해 일을 떠넘기는 류계장의 태도는 분명 미묘하나마 폭력적이다. 이를 가능케 하는 것은 명백히 계급의 차이다. '나'는 협력업체의 파견 노동자니까. 현실적으로 류에게 행사할 수 있는 권력도 권한도 배짱도 없으니까. 시키는 것을 순순히 떠맡지 않자, 어느새 류의 얼굴에서 미소가 "사라지"(29쪽)는 장면은 섬뜩하다. 병원 계층구조의 밑바닥에 위치한 '나'는 별수없이 비둘기의 먹이를 챙겨주고, 배설물을 청소하는 잡무를 도맡게 된다.

그러던 어느 날, 병원 직원들이 소독 펌프를 들고 지하로 들이닥친다. 놀란 '나'는 직원들을 피해 비둘기 케이지를 들고 "지하 가장 깊숙한 곳"(31쪽)으로 향하며 비둘기를 향해 미소 짓는다. 그러나 이 미소는 류를 비롯한 병원 직원들이 '나'에게 지어 보이던 미소, 간호사들이 환자들에게 보내는 미소와 겹쳐지면서 익숙한 섬뜩함을 자아낸다. 그것은 분명 '나'가 자신은 "익힐 기회가 없었다"(12쪽)고 진술했던, 상대적 강자가 약자에게 보내는 위선적인 미소가 아닌가. '나'는 이 병원에서 이리 밀리고 저리 치이는 사이, 그 미소를 자연스레 체득한 것이다. '나'가 비둘기에게 보내는 미소는 다른 뜻이 아니다. 나는 너를 저 지하 밑바닥으로 떠넘기겠다, 바로 그것이다. 이 마지막 장면은 병원을 작동시키는 기이한 계급 구조의 피해자였던 '나'가, 이젠 그것을 충실히 내면화한 일원으로 합류했음을 서늘하게 보여준다.

3

「스튜디오 베이비」의 '신우'와 '영안'도 「비둘기에게 미소를」의 '나'와 유사한 지위에 놓인 청년들이다. 신우는 하던 취업 준비를 내려놓고 잠시 사진 일로 샜다는 사실 때문에 이 임시 노동 시장의 수렁에 빠지게 되었다. 그는 사람이 숙식하는 곳에서 "사람 냄새 난다"(38쪽)고 타박하는 사장 밑에서 목돈을 만들 때까지 버텨야 한다.

한편 영안은 명목상으로는 스튜디오의 어시스턴트지만, 사실 사장만큼 스튜디오의 전체 업무를 환하게 꿰고 있는 능력자다. 그녀 역시 아르바이트로 일을 시작했다가 스튜디오에 정착하게 된 경우인데, 이제는 사장을 능숙하게 다루기까지 한다. 사장의 잔소리 하나에도 지지 않고 대꾸하면서 당차게 할말은 하는 여자. 믿기 어려울 만큼 쿨하고 힙한 영안이 신우는 신기할 따름이다. 스튜디오에 숙식하면서 몇 푼의 월세라도 아끼고 있는 신우에게 이 일자리는 절박하다. 그렇게 한껏 위축된 자신과는 사뭇 다른 태도로 살아가는 영안이 그에겐 낯설게 보일 수밖에.

그런데 잘 들여다보면, 영안의 태도조차 사실은 신우의 사정과 별반 다를 것 없는 환경에서 비롯된 것이라는 사실을 깨닫게 된다. 물론 그녀가 스튜디오에 불가결한 인재라는 것도 한몫했겠지만, 딱히 가진 것이 없다는 사회경제적 조건이야말로 저 굽히지 않는 당찬 태도를 가능케 하는 것은 아닐까? 잃을 것이 없는 자가 무어에 그리 전전긍긍하며 고개를 조아리겠는가? 신우가 무엇 하나라도 더 잃게 될까 웅크린다면, 영안은 더는 잃을 것이 없기에 거리낌이 없는 셈이다. 비록 발현되는 양상은 정반대지만, 밑바탕의 조건은 동일하다. 계층 상승의 사다리는 사라졌으나, 발밑은 뻥 뚫려 있다. 더 떨어지지 않으려고 발버둥치느냐, 올라가기를 포기하고 초연한 태도로 일관하느냐의 차이일 뿐. 좀처럼 삶이 나아지리라는 전망이 보이지 않는다는 건 매한가지다. 그런 의미에서 신우와 영안은 일종의 짝패, 동전의 양면이다. 신우가 소설의 말미에서 사장이 판자로 막아놓은 뒷문에 칼집을 내기 시작하는 것도, 바로 이 갑갑한 상황에서 자그마한 숨쉴 구멍이라도 마련하고 싶은 마음의 발로일 터.

그러나 「스튜디오 베이비」를 청년에 대한 이야기로만 읽는다면 이경의 소설을 너무 야트막하게 읽는 것이다. 이경의 소설세계로 한발 더 발을 들이려면, 우리는 이 소설에서 '스튜디오'의 공간성에도 주목할 필요가 있다.

4

스튜디오는 무엇인가. 일차적으로는 사진 촬영을 위해 꾸며놓은 세트를 의미하나, 결혼의 결실로 여겨지는 임신에서부터 돌까지 이어지는 일련의 과정을 사진으로 붙잡아두려는 이들에게는 단연 '추억'을 남기기 위한 공간이다.

그런데 이 '추억'이라는 것을 만들려는 심리는 무엇인가? 누구보다 스튜디오에서 잔뼈가 굵은 영안의 말은 그 속내를 정확히 파헤친다. "다른 아이와 똑같이 해주고 싶"(52쪽)은 것. "남들 하는 건 무조건 다 해야"(같은 쪽) 하는 것. "남들 사는 것처럼 세트장에서 사진이라도 찍어보는"(53쪽) 것이다.

스튜디오의 고객들 가운데 얼마나 되는 이들이 서재와 정원이 딸린 저택을 소유하겠는가? 여기서 사진을 찍는 것의 의미는, 이

사회가 '중산층' 생활의 표본으로 간주하는 이미지를 획득하는 것 이상도 이하도 아니다. 누구나 보편적으로 가지고 싶어하는 삶의 모습으로 꾸며진 공간. 그것이 스튜디오다.

그러니 스튜디오에 찾아가지 않은 액자가 한둘이 아니라는 사실은 의미심장하다. "짧게는 일 년, 길게는 일 년 반에 걸쳐"(40쪽) 촬영이 진행되는 사이, 깨져나가는 가정이 적지 않은 것이다. 결국 이 소설에서 위태롭게 외줄타기를 하고 있는 건, 단지 임시직 청년 노동자들뿐만이 아니다. 가정을 이루고 아이를 가지고, 또 남들이 다 하는 촬영 패키지를 소비할 만한 구매력을 갖춘 이들의 삶 역시도 위태롭다. 그렇게 이경의 소설에선, 모두가 낭떠러지를 걷고 있다.

'중산층의 몰락'을 불길하게 담아낸 「당연히」가 바로 뒤따라오는 것은, 그래서 자연스럽다. '수빈'과 '제영'은 본래 자기 명의의 아파트까지 소유하고 있었으나, 한순간의 투자 실패로 "불행을 향해 전력 질주"(60쪽)하게 된 부부다. 삼십사 평 넓이의 아파트를 잃고 겨우 손에 쥔 것은 십삼 평짜리 원룸. 처음엔 단 삼 개월이면 될 줄 알았다. 삼 개월이면 투자했던 원금을 돌려받아 다시 넓은 집으로 돌아갈 줄 알았다. 그래서 원룸에 다 들어가지 않는 짐은 이삿짐센터에 잠시 맡겨두었을 뿐이었다. 그 '잠시'가 삼 년이나 될 줄은 아무도 몰랐다.

당연히 거기 들어가 있는 짐들은 생활에 필수적이지 않은, 기호성이나 문화자본성의 물건들이 대부분이다. 가령 커피메이커,

전시에서 사온 그림이나 즐겨 듣던 비틀스의 카세트테이프 같은 것들. 그러나 수빈에게 그것들은 단순한 물건이 아니라, 잠시 잃어버린 '일상' 그 자체다. 적잖은 보관료를 지불하며 짐을 지키는 건, 그 잃어버린 '일상'이 회복되리라 믿고 있기 때문이다. 그러나 그 믿음은 얼마나 헛된가. 이 소설이 그려내는 '현재'는, 잔혹하게도 수빈과 제영 부부가 짐을 처분하고 마는 상황을 비춘다. 그런데 수빈이 다른 무엇보다도 찾고 싶어했던 비틀스의 카세트테이프는 어디에도 없다. 수빈은 이제 과거에 향유했던 일상을 되찾을 수 없다는 걸 받아들여야만 하는 것이다.

묘하게도, 이경은 여기에 한 가지 이야기의 층위를 덧씌워두었다. 국가 시스템의 구멍이 빚어낸 비극, 세월호 참사. 이 사건은 수빈과 제영 부부로 하여금 불가피하게 창고의 짐을 청산하게 만드는 계기로서 작용한다. 이삿짐센터가 제주도로 이삿짐을 옮기다 그 참사에 휘말려 폐업하게 된 것이다. 게다가 카세트테이프를 포장했던 아주머니는, 결국 배에서 나오지 못해 차가운 바다 속에 남겨진 터다.

언뜻 보기에 수빈 부부의 몰락과 세월호 참사 간에 직접적인 연관성은 없어 보이지만, 수빈으로 하여금 카세트테이프를, 즉 일상을 되찾을 수 있으리라는 마지막 희망마저 앗아간 것이 그 참사였다는 건 명백하다. 이경은 그렇게 세월호 참사를 최근 몇 년 사이 고조되고 있는 비관적 현실 인식의 계기로서 예리하게 서사화한다. 국가가 국민의 생명을 책임져주지 않듯이, 국민의 인생도 책임져주지 않으리라는 깨달음. 그것은 곧 더 나은 삶에 대한 희망과 지금 딛고 있는 바닥만은 견고하리라는 믿음이 깨어지는 순간인 것이다.

5

이경의 소설세계에서 국가 시스템은 늘 무능력하고 미심쩍은 것으로 놓여 있다. 「재난 수령인」은 이를 더욱 전면적으로 그려낸다. 이번 화자 역시 등록금을 마련하기 위해 '임시'로 뛰어들었던 배달 아르바이트를 일 년 이상 계속하고 있는 청년이다. '나'가 학업도 마치지 못한 채 생업에 내몰린 건 국가장학금도, 재난지원금도 제대로 받지 못했기 때문인데, 이는 국가 시스템이 이미 가출하고 없는 아버지까지 묶어 '한 세대'로 관리하고 있는 탓이다.

나아가 국가는 '나'에게 당신의 아버지가 입원했다며, 부양의 책임을 다하거나 '가족관계 해체 사유서'를 쓰라고 종용하기에 이른다. 여기서 국가가 구사하는 '공적 언어'와 '나'의 '사적 언어'는 충돌하며 어긋나기 시작한다. 국가는 완전무결한 단절이나 완전무결한 부양, 둘 중에 하나를 택하기를 강요한다. 그 사이에 가능한 수많은 삶의 모습은 전혀 고려 대상이 아니다. 만일 단절을 택할 경우, 아버지는 더이상 '부재'하는 존재가 아니라 '금지'된 존재로 규정된다. 어떠한 사적 교류조차 허용되지 않기에, '왜 떠났느냐'는 물음조차 할 수 없게 되어버리는 것이다.

'나'가 봤을 때, 가족을 떠난 것은 아버지이므로 '해체 사유서'를 쓰기 위해서는 아버지의 목소리가 필요하다. "가족이 어떻게 해체됐는지, 그걸 나더러 무슨 수로 증명하란 거냐"(89쪽)는 어처구니없는 반문은 이처럼 합리적인 통치를 위해 고안된 장치의 비합리성을 드러낸다. 그것은 개인의 삶을 보장하려는 방향이 아니라, 보장하지 않으려는 방향으로 작동한다. 그리고 삶의 개별성을 인정하지 않으며 일련의 '증명'을 개인에게 떠넘긴다. 이러한 경험 속에서, 어떻게 개인이 국가의 보호를 받고 있다고 느낄 수 있겠는가?

6

물론 이것은 단지 '국가'에 국한된 이야기만은 아니다. 이경의 이야기는 「비둘기에게 미소를」의 병원을 지배하는 질서처럼, 우리를 둘러싼 일련의 '시스템들'에 대한 것으로도 확장·변주된다. 가령 '가정'을 가능케 하는 질서 같은 것들.

가정 내의 가부장적 질서를 국가와 국민 간의 관계로 편성하는 통치의 원리를 상기하지 않더라도, 이경의 소설에서 국가와 아버지는 선명하게 겹쳐진다. 대체로 무능하며, 필요할 때에 부재하고 결정적일 때에 무책임한 모습으로. 그래서 사실상 '무너진 아버지'들은 붕괴되었거나 무능한 시스템의 표상처럼 그려진다. 「기부왕」과 「수태고지」는 그 대표적인 사례다.

「기부 왕」은 친구 '창새기'와 룸메로 살아가는 '나'의 이야기이다. '나'는 자신은 돌보지 않고 구청에 비상식적으로 기부만 해대는 아버지에게서 가출해 막 성인이 된 참이다. '나' 역시 이경 소설의 다른 청년들처럼 생활비와 재수 학원비를 충당해보려고 고군분투하지만, 결국 생활고에 학원을 끊는 선택을 하게 된다. "사람이 그래도 미래가 있어야"(115쪽) 한다며 창새기가 '미래'랍시고 제시한 것은 나이트 푸싱 알바. 소설은 '나'가 거기에 뛰어들면서 겪게 되는 이야기를 담고 있지만, 그러한 생활의 배경에는 늘 구청에서 '기부 왕'으로 뽑히는 아버지의 서사가 그림자처럼 깔려 있다.

법대에 진학했지만 고시에서 늘 고배를 마시고 사회로부터 모멸을 받던 아버지. 그는 가정에서 권위를 행사함으로써 잃어버린 자존감을 회복하고자 했다. 경제권을 단단히 쥐고 좀처럼 돈을 내놓지 않는 그에게 어머니는 매번 생활비를 굴욕적으로 빌듯이 타내야 했다. 자신이 그렇게 하찮은 권위를 누리는 사이 아내가 남몰래 폐암과 싸우고 있었다는 사실은 그로 하여금 '돈의 소유'를 죄악시하게 만들었다. '나'는 그런 아버지의 내면을 일면이나마 이해하고 있다. '나'는 안다. "아버지가 기부를 하는 것은 (……) 죄책감을 덜어낼 곳이 필요"(127쪽)해서일 뿐이라는 것을. "그게 아내를 괴롭히고, 오랜 시간 홀로 죽음을 예감하게 하고, 급기야 죽게 만든 남자가 생을 견디는 방법"(128쪽)이라는 것을.

그러나 그것을 심정적으로 이해하는 것과 방치된 채 살아가는 것은 다른 문제다. "제발 나한테 기부를 하라고오오오!"(127쪽) 하는 외침, 그리고 "이제 와 무슨 말이라도 하려는 걸까. 미안하다고? 설마, 끼니는 제때 챙기느냐고?"(같은 쪽)라는 진술은 '나'가 얼마나 아버지의 '역할'에 목말라 있는가를 여실히 드러낸다. '나'가 바라는 건 대단한 유산상속도, 대단한 환대도 아니다. 그저 '가족'으로서 최소한도의 '일상'을 영위하는 것뿐. 그 역할조차 감당해줄 이 없는 '나'는 말하자면 최소한의 안전장치도 없이 외줄 위에서 고군분투하고 있는 셈이다.

「수태고지」의 아버지는 어떤가? 그는 아직 열일곱 살에 불과한 딸이 임신을 했다는 청천벽력 같은 소식을 듣는다. 불의의 사고로 아내를 먼저 떠나보내고, 철공소를 운영하며 어렵게 키워온 딸. 그는 엄마의 부재 속에 "엇나가는 딸을 붙잡지 못했다"(141쪽)는 죄책감에 사로잡힌다. 그런데 그의 이후 행보가 어딘지 석연치 않다. 공터에 천막을 쳐서 기도원을 열더니, 전도사를 자처하며 딸을 처녀 수태한 신의 기적이라고 설파하기 시작한다.

문제는 어디서부터였을까. 우선은 딸이 '엄마를 잃고 엇나갔다'

는 전제부터가 엇나갔다. 초점 화자인 '소마'는 딱히 엇나가서라기보다는, '양호'라는 소년과의 충동적인 감정 교류의 결과로 실수를 범한 것뿐이었으니까. 아버지의 저 과도한 전제는 필시 그를 짓눌러온 지나친 책임감과 부채감에서 비롯된 것이리라. 여기에 딸을 제대로 키우지 못했다는 죄책감까지 더해져, 그는 '아버지'로서의 권위와 자존감을 송두리째 잃게 된 것일 터다. 기도원을 차려 전도사로서 신의 대리인을 자처하는 건 '아버지로서의 실패'를 대리 충족하려는 시도에 다름 아니다. 믿음 탓에 잉태된 아이를 지울 수도, 그렇다고 딸을 미혼모로 만들 수도 없었던 그는 신의 이름으로 딸을 '동정녀'로 만들려는 것이다.

그런 아버지를 바라보는 딸 소마의 시선에는 안타까움이 묻어난다. 그렇다고 달리 뭔가를 할 수 없는 소마로서는 유치장에 갇힌 아버지를 구해낸 뒤, 잠자코 아버지를 따를 뿐이다. 기도원이 좀더 커지고, 신도가 늘어나는 장면으로 소설이 끝나지만 우리는 알고 있다. 그렇다 한들 저 부녀의 미래가 딱히 밝아질 리 없다는 걸.

이 두 소설은 외적으로는 아버지의 기행과 부재를 그리고 있지만, 궁극적으로는 시스템의 공백을 헤쳐나가는 개개인의 고군분투를 그려낸 이경의 다른 소설들과 겹쳐진다. 아버지는 자녀를 받쳐주는 '바닥'이 되어줬어야 할 사람이며, 먼저 삶을 살아본 이로서 롤 모델이 되어주었어야 할 사람이다. 그런 아버지를 제대로 갖지 못한 인물들에게 '더 나아지리라는 전망' 그리고 '추락하지 않으리라는 안정감'이 결여되어 있는 것은 필연적이다. 이들이 남들보다 먼저 배우는 게 있다면, 그것은 '몰락'에 대한 공포이리라.

7

그리하여 「A28」의 화자처럼, 자신 역시 '아버지처럼' 되리라는 불길한 예감에 몸서리를 치는 인물마저 등장하게 되는 것이다. 소설은 화자 '그녀'가 무동을 태우고 있던 딸 '시연'이 '그녀'의 목걸이를 끊으면서 시작된다. 목걸이는 공사장 펜스 너머로 넘어가게 되는데, 그것을 되찾기 위한 일련의 과정이 현재의 사건을 이룬다.

이 목걸이는 조금 특이하다. 다른 귀금속이 아니라, 열쇠가 매달려 있으니. '그녀'는 "그건 아버지에게서 훔친 것은 아니지만, 아버지의 것이 틀림없었다"(166쪽)고 말한다. 그러나 정확하게는 아버지가 원했으나 갖지 못한 것이었다. 아버지가 출장도 없으면서 뻔질나게 찾아갔던 부산 여인의 집 열쇠. 즉, 그녀의 마음을 열었다는 증거이자 상징. 그러나 아버지가 희구했던 그것은 엉뚱하게도 아버지 밑에 딸린 '천기사'의 손에 들어갔고, '그녀'는 그 천기사에게서 열쇠를 훔쳐낸 것이다.

그런데 '그녀'에게 이 열쇠는 아버지와 천기사를 모두 매혹했던 그 '여자'와 관련된 의미를 갖지는 않는다. '그녀'는 이 열쇠를 잃은 두 인물의 삶이 어떻게 흘러가는지 생생하게 목도한다. 아버지는 "방에 들어가 벌렁 누워 (……) 꼼짝도 하지 않"(183쪽)게 된다. 이웃이었던 '용희 엄마'의 표현을 따르자면, "알맹이가 홀랑 빠져"(186쪽)버렸다. 아버지 대신 그 '여자'는 물론, 아버지의 포클레인마저 갖게 된 천기사는 어땠나. 아버지의 빈소에 찾아온 그를 두고 어머니는 이렇게 말한다. "포클레인으로 돈을 퍼담을 줄 알았더니…… 추레한 입성을 보니 그도 아닌 모양"(187쪽)이라고.

열쇠를 훔쳐 지니고 있는 '그녀'는 두 사람의 삶을 묘한 인과로 재구성한다. 말하자면 '열쇠를 잃었기 때문에 몰락했다'는 믿음의 형태로 말이다. '그녀'가 열쇠를 늘 목에 걸고 다녔던 것은 바로 그러한 믿음 탓에 열쇠가 '삶의 핵심'쯤 되는 거대한 의미를 갖게 된 때문일 터. 그것은 천기사나 아버지처럼 되지 않기 위해, 절대 잃어버려서는 안 되는 물건인 셈이다. 더욱이 지금 '그녀' 가정의 상황은 어떠한가? "엘리베이터도 없는 일산의 저층 아파트에서 (……) 이십삼층"(166쪽) 아파트로 겨우 올라왔건만 다시, 아니 더 낮은 곳으로 추락해버릴 위기가 아닌가. 그렇기에 목걸이, 아니 열쇠를 찾으려는 '그녀'의 노력은 더더욱 필사적이다.

그러나 '그녀'는 열쇠를 찾아야 한다는 관념에 사로잡힌 나머지 우를 범하고 만다. 오직 펜스 안으로 들어갈 것만 생각해, 나갈 방법은 마련하지 못한 것이다. 공사장에 있던 포클레인을 움직여 방법을 마련해보려는 생각에 열쇠를 시동 장치에 밀어넣지만, 포클레인이 움직일 리는 없다. 그건 맞지 않는 열쇠니까.

아버지를 무너뜨린 건, 부산의 '여자'에게 인생의 너무 많은 의미를 걸었던 아버지 자신의 관념이었다. 그렇지 않았다면 '여자'가 천기사를 택했다고 그렇게 무너져버리지는 않았을 것이다. 마찬가지로 공사장에 '그녀'를 가둔 건, 오직 아버지처럼 되지 않으리라는 '그녀' 자신의 집념이었다. 그 열쇠에 너무 많은 의미를 투사하지 않았다면, 그런 펜스를 무리해 넘어가는 일도 없었을 것이다. 자신이 강렬하게 추구했던 것이 오히려 자신을 함정에 빠뜨리는 이 마지막 장면은 우리에게 많은 것을 시사한다.

8

세계가 점차 전망은 없으되 추락하기는 쉬운 곳으로 변질되어갈 때, 그러니까 시스템의 실패와 부재에 혈혈단신으로 내던져졌을 때, 우리는 이경의 소설 속 인물들처럼, 아무 잘못을 하지 않았는데도 몰락해버린 자신을 발견하게 된다. '벼락거지'라는 신조어가 신랄하게 가리키는 이 추락의 경험은, 우리의 시야를 좁혀 단하나의 집념에만 매달리게 만든다.

그 와중에 이경의 소설은 싸늘하게 꼬집는 것이다. 떨어져버릴까 두려워 목전의 이득을 갈급하는 삶의 양태는 결코 답이 될 수 없다는 것을. 그것은 오히려 우리 삶의 자유를 저당잡히게 하는 꼴이라는 것을. 어떻게든 추락하지 않으려고 발버둥치며 어떻게 위로 기어올라갈 수 있을까 고민하는 것이 아니라, 추락의 공포와 불안에 빠지지 않아도 되는 시스템을 고안하는 것이 핵심이라는 걸 깨닫게 되는 것이다.

그렇게 패닉에 빠져 있는 우리 자신의 모습을 돌아보고 나면 그 너머를 상상하게 된다. 이경의 소설이 우리의 손에 쥐여주는 건, 어쩌면 작디작은 그 '상상'의 조각이리라. '너머'의 세상은 어떤 모습일까. '너머'의 시스템은 어떤 모양일까. 그것은 아직 아무도 모른다. 다만 당신과 내가, 우리가 상상하지 않으면 그것은 미미한 '가능성'으로서조차 존재하지 않게 되리라는 것만큼은 분명하다. 그러니 희망한다. 우리가 이경의 소설과 함께, 이 낭떠러지의 끝에서 더 먼 곳을 바라보는 사람들이 되기를.

작가의
말

나의 세계는 복잡한 구조물로 이뤄져 있다. 욕망의 구조물일 수도 있겠고, 이미 모든 게 결정된 거대한 세계의 일부인지도 모르겠다.

그 세계의 내부엔 정교하게 분리된 복도와 깊숙한 지하층이 있다. 파이프는 천장과 바닥에 파묻혀 있거나 허술하게 밖으로 드러나 있다. 주인공들은 파이프 속을 기어다니거나 밀실을 드나든다.

어째서 그런 생각을 갖게 됐는지 묻는다면, 내 눈에 그렇게 보였다고 말할 수밖에.

그 세계의 탄생에 대해 어떻게든 설명하려 골몰한 적이 있었다.

(뭐 빅뱅 같은 거라고 해둘까?)

그러다 한 가지 아이디어를 떠올렸다.

어쩌면 존재들이 필사적으로 스스로를 설명하기 위해 만든 각자의 알리바이 때문이 아닐까.

가까스로 알리바이를 만들다보니 조금씩 무리하게 되고, 서로서로 변명을 해주다 결국엔 이런 모양이 된 게 아닐까.

이 책에 실린 소설들은 좁은 틈 속으로 스며들기 위해 애쓰는, 쓸쓸한 존재들을 위한 변명일지도 모르겠다.

책을 만들어준 문학동네에 특별히 고마운 마음을 전한다. 마음 편히 신뢰할 수 있었다.

변함없이 지지해주는 가족들에게도 언제나 같은 인사를 전한다. 그래, 그 말.

2021년 11월
이 경

| 수록 작품 발표 지면 |

비둘기에게 미소를 …… 문장 웹진 2020년 6월호

스튜디오 베이비 …… 『문예바다』 2020년 봄호

당연히 …… 『문학무크』 2020년 상반기호

재난 수령인 …… 미발표작

기부 왕 …… 『문예바다』 2015년 봄호

수태고지 …… 문장 웹진 2012년 11월호

A28 …… 『작가들』 2017년 가을호

문학동네 소설집
비둘기에게 미소를
ⓒ이경 2021

초판인쇄 2021년 10월 28일
초판발행 2021년 11월 10일

지은이 이경
책임편집 오윤 | 편집 권순영 이상술
디자인 강혜림 유현아 | 마케팅 정민호 이숙재 우상욱 정경주
홍보 김희숙 함유지 김현지 이소정 이미희
제작 강신은 김동욱 임현식 | 제작처 영신사

펴낸곳 (주)문학동네 | 펴낸이 염현숙
출판등록 1993년 10월 22일 제406-2003-000045호
주소 10881 경기도 파주시 회동길 210
전자우편 editor@munhak.com | 대표전화 031) 955-8888 | 팩스 031) 955-8855
문의전화 031) 955-3578(마케팅) 031) 955-8864(편집)
문학동네카페 http://cafe.naver.com/mhdn | 트위터 @munhakdongne
북클럽문학동네 http://bookclubmunhak.com

ISBN 978-89-546-8326-5 03810

www.munhak.com